Entscheidungen und die Äxte, mit denen wir sie fällen

Henrik Szanto

Illustriert von Anna Kohlweis

Erste Auflage 2021

Lektora GmbH
Schildern 17–19
33098 Paderborn
Tel.: 05251 6886809
Fax: 05251 6886815
www.lektora.de

Druck: MCP, Marki
Covermotiv & Illustrationen: Anna Kohlweis, www.annakohlweis.com oder
@annakohlweis
Covermontage: Lektora GmbH, Denise Bretz
Lektorat & Layout Inhalt: Lektora GmbH, Denise Bretz
Printed in Poland

ISBN: 978-3-95461-186-7

Inhalt

Vorwort

Der vielseitigste und wichtigste Begriff der finnischen Sprache ist »No niin«.

No niin lässt sich einsetzen, wenn man nicht weiß, was man sagen soll, wenn man anzeigt, dass man was sagen will, wenn jemand anders mal was sagen soll, wenn man sich wundert, was jemand eigentlich sagt, oder was das denn soll. Es eignet sich, wenn Gäste kommen, Gäste gehen, Gäste nicht gehen, aber so langsam mal gehen sollen, dir ein rohes Ei aus der Hand fällt oder bevor du ein rohes Ei in die Hand nimmst, um gleich jemanden zu bewerfen.

Es eignet sich, um kleine und große Kinder zu ermahnen, um zu zeigen, dass du jetzt ernst machst, oder es Zeit ist, jetzt die Seele baumeln zu lassen. Je nach Intonation funktioniert es mit jeder Requisite, mit Axt oder Hängematte. Mit einem Lächeln oder eben nicht. Es eignet sich, wenn die Milch alle ist, du auf Hafermilch umsteigst, in deinem Garten plötzlich eine Kuh lebt oder du bislang nichts von einem Garten wusstest.

Es ist die finnische Verschränkung aus »Tja« und der Dreifaltigkeit des So – »So«, »Also« und »So, so« – und eine passende Reaktion in jeder Lage.

Bevor du eine Entscheidung fällst und nachdem du sie gefällt hast und wenn dir diese passt oder auch nicht oder es egal ist.

In drei Buchstaben steckt eine ganze Welt, mit all ihren Konflikten und Friedensmomenten, wo Freude und Enttäuschung sich brüderlich umarmen und sich das Wesentliche zum Menschlichen vereint. Die Spannweite liegt, und das ist die Quintessenz im Entstehen und Erleben, im Bezeugen und Genießen von Entscheidungen, in deiner Hand.

»No niin« heißt auch, dass du jetzt in Ruhe ein Buch lesen möchtest, und »pidä hauskaa« heißt viel Spaß.

Der Reim, insbesondere als Wettbewerb, ist historisch vielseitig. Die Wikinger hatten ein eigenes Battle-Rap-Format namens Flyting. Es galt, öffentlich Beleidigungen in Versform zu spitten.

Im Arabischen kennt man Naka'id als Form des scharfzüngigen Austausches diverser Lyreleien und bei den Igbo heißt das abendliche Präsentieren pointierter Beobachtungen (und Behauptungen) Ikocha Nkocha.

In der finnischen Kalevala[1] wird dem Reim gar eine Zauberkraft zugeschrieben, ganze Teile des Versepos handeln von magischen Duellen zwischen Sängern, die sich in ihren Versen zu überbieten suchen. In einem Fall landet ein armer Angeber namens Joukahainen im Sumpf[2].

1 Als Elias Lönnrot die Kalevala zusammentrug, tat er dies mit Hilfe vieler karelischer Sängerinnen und Sänger, die er regelmäßig gegeneinander antreten ließ und die die bislang mündlich überlieferten Strophen und Gesänge der Kalevala zum Besten gaben. Anders gesagt: Die Kalevala, wie wir sie heute kennen, entstand maßgeblich dank Poetry Slams.

2 Väinämöinen singt ihn in den Sumpf. So hat dich noch niemand verbal ausgespielt, dass du danach in einem Feuchtgebiet versinkst, Oida.

Wie es klingt

Wir mit den vielen Sprachen, den Fußnoten im Pass und den langen Geschichten werden häufig gebeten, etwas zu sagen. Bei mir wünschen sich die anderen oft Finnisch. Seltener Ungarisch. Manchmal lasse ich mich breitschlagen und frage sie nach ihrem Wunsch, aber meistens ist ihnen egal, was ich sage. Irgendwas eben. Die Menschen möchten doch bloß wissen, wie es klingt!

Vielleicht so:

Wenn du mich fragst
Wie das so ist mit den Sprachen
Habe ich zugleich Antworten und keine
Weil man ist ja oft alleine
Mit sich und seiner Sprachlosigkeit

Aber wenn du mich fragst, wie es klingt
Meine Sprache ist ein Filter der Erinnerung
Und das meine ich im Wortsinn
Sie ist Erinnerung, weil ich an den Orten
Woher sie rührt, nicht mehr lebe
Oder nie gelebt habe, weil sie uns dort nicht wollten

Höre ich Finnisch, dann höre ich Stille.

Das Knistern von Kiefern und Fichten
Gewisperte Lieder und Lichter
Am Ufer der Seen
Zwischen singenden Schwänen und hängenden Birken
Entsteht in Gedanken ein drängendes Nirgends
Hier gibt es Laub und Ruhe
Und im Sommer Mücken und Zecken
Bis die Tiere sich vor Rauch und Feuer verstecken
Und wir schweigend Scheite schichten
Zwischen Funken unserer Geschichten

Auf Finnisch ist Folgendes ein ganzes Gespräch:

»Kokoo koko kokko!«

»Koko kokkoko?«

»Koko kokko.«

Es heißt:

»Sammel Holz für den ganzen Scheiterhaufen!«

»Den ganzen Scheiterhaufen?«

»Den ganzen Scheiterhaufen!«

Und danach brennt es, weil in zwei Buchstaben ein ganzer Scheiterhaufen steckt. Und das ist O. K.

In meiner Erinnerung ist das Land der Seen ein Ort
An dem immer etwas brennt
An dem der Rauch in die dicken Socken zieht
Und dort jahrelang noch hängt
Wenn ich Finnisch höre, dann grillen wir
Makkara auf Stöcken und erzählen uns vom Tag
Wenn ich Finnisch höre, bekomme ich gleich ein Eis
Weil ich Eis so gerne mag

Auf Finnisch heißt Eiswaffel »jäätelötötterö« und klingt nach Fanfaren im Sommer, denn wenn dort schon mal Sommer ist, dann sollen das auch alle wissen. Dort sind die Sommer kürzer als das Wort für Eiswaffel.

Wenn ich Finnisch höre, höre ich Reime.

Der erste Reim, den ich im Finnischen bewusst formte, ist der Reim von Zauber auf Zeit[3].

Ich war damals vielleicht vier und bin sicher, dass in der finnischen Lyrik dieses Wortpaar verschrien ist wie im Deutschen Herz auf Schmerz[4].

Aber für mich liegt darin seit Jahren eine Magie.

...

Wenn ich Ungarisch höre, ist es erstmal schnell und laut
Ein Stakkato, unvertraut und grell
Entlang den Haaren meiner Haut
Wenn ich Ungarisch höre, höre ich Stiefel im Gleichschritt
Ein zeterndes Peitschen
Samt Gerede von Verrätern und Feinden
Von jenen, die gingen, und Gleichen, die blieben
Ich höre ein Land, gründlich zerrieben
Das pünktlich die Lieder von Schlägern und Dieben
Auf den Lippen trägt
Und sie denen, die mahnen, versiegelt

Wenn ich Ungarisch höre, ist alles synchronisiert.

Und das manchmal nur von einer Person.

Teilweise ein Mann, der alle Männer spricht.

Teilweise eine Frau, die alle Frauen spricht.

Und wenn das Budget knapp ist, dann nur ein Mann, der alle spricht.

Manchmal spricht der Mann sogar den Hund.

---

3 »taika« auf »aika«

4 Was sagt das über einen Sprachraum aus, wenn in diesem Fall die Reimpolizei kommt, aber bei »Scherz« auf »Herz« nicht?

Wenn ich Ungarisch höre
Höre ich Stolz auf die Qualität der Synchro
Und darauf, dass man nur die eine Sprache kennt.

Wenn du mich also fragst, wie meine Sprache klingt
Sie klingt wie etwas, das fehlt
Wie eine Mutter, die nicht mehr lebt
Wie ein Haus, das nicht mehr steht
Wie ein Vater, der nicht mehr geht
Oder eine Schwester, die ich nie seh
Sie klingt wie die Fremden am Rand eines Cafés
Wie Langeweile am Ufer des Sees
Wie Bestandteile eines Plädoyers

Mir tut die Länge meiner Antwort leid
Während sich auf Finnisch »Zeit« auf »Zauber« reimt
Verbrachte ich die längste Zeit in einer Fremde
In die es mich und wo es mir oft die Sprache verschlug
In Ungarn trennt nur ein Buchstabe »Familie« und »Betrug«[5]
Und in der Sprache, in der ich lebe
Trennt Winter und Herbst bloß Schnee
Und ein Buchstabe »Heimweg« von »Heimweh«

Du siehst, ich habe viel zu erzählen.
Was möchtest du denn hören?

---

5 »család« und »csalás«

»Hogyhogy hogy?« ist eine ganz gewöhnliche Nachfrage und »Öt török öt görögöt dögönyöz örökös örömök között« ist ein ganz gewöhnlicher Zungenbrecher.

Die ungarische Sprache ist logisch, rational und gerade deshalb so furchteinflößend.

Die Facetten des Nilpferds

Die älteste überlieferte Schriftform einer germanischen Sprache ist die sogenannte Silberbibel. Sie wird in Uppsala aufbewahrt. Uppsala klingt lustig und liegt in Schweden. Aus Uppsala kam der Bischof, der Finnland christianisiert hat. Der Bischof hieß Henrik. Ich heiße auch Henrik und wurde in Finnland christianisiert, weil ich getauft worden bin, und nun überliefere ich die jüngste Schriftform einer germanischen Sprache.

Das alles hat miteinander nichts zu tun, aber ich kann es durch Sätze und Ähnlichkeiten in einen Zusammenhang bringen. Ich kann so tun, als gehöre ich dazu. Das ist nicht größenwahnsinnig. Das ist bloß Aneignung.

Sprache an sich ist Aneignung. Ich habe mir Deutsch mit sieben Jahren angeeignet. Da konnte ich schon drei Aneignungen, aber eben nicht Deutsch, und da wir jetzt in Deutschland waren, halfen mir Finnisch und Ungarisch wenig. Und da wir in Unterfranken waren, half mir Englisch auch nicht.

Im Deutschen sind die wesentlichen Informationen am Satzende. Deshalb gilt es hier auch als unhöflich, jemanden zu unterbrechen, weil es impliziert, dass man nicht so interessiert an der Kernaussage des Gesagten ist.

Und Deutsch ist seltsam. Zugegeben – alle Sprachen sind seltsam, wenn du sie lernst. Aber als Kind, wenn die Phantasie noch nicht abgeschmirgelt und die Neugier noch nicht in sozial erwünschte Portionen selektiert ist, ist Deutsch *richtig* seltsam.

»Das Auge isst mit«, sagten sie im Kindergarten.

»Wie bitte essen Deutsche?«, dachte ich.

»Zappel nicht so rum!«, haben sie gesagt.

Also nicht zu mir, denn ich zappelte nicht, außer wenn ich es wollte, weil ich das Wort so mochte. Zappeln. Durch das Z und das Doppel-P malt allein der Klang direkt das Bild eines elektrisch aufgeladenen Kindes, das die Energie nur erden kann, indem es furios und wild seine Gliedmaßen umherschleudert. Zappeln. Und durch das A kehrt sich alles nach außen. So wie beim Zittern sich alles nach innen kehrt. Da entlädt sich die Energie ums klamme Herz, sodass es schlottert in den Rippen.

Deutsch ist meine Lieblingssprache.

Aber manchmal passt etwas nicht zusammen in der Sprache der Dichter.[6]

Wer reitet so spät durch Nacht und Wind?
Herr von Ribbeck auf Ribbeck im Havelland.

Ich kam in die Grundschule. Viktor aus der 3B nannte mich ein Arschloch, ich wusste nicht, was zu erwidern, denn schimpfen hatte ich nie gelernt. Also fragte ich meinen Vater.

Wenn du ihn beleidigen willst, sagte er, dann nenn ihn Franke! Und wenn du ihn richtig beleidigen willst, dann nenn ihn Unterfranke!

Das mag ja eine Beleidigung sein, lernte ich. Aber eben nicht in Unterfranken.

Viktor war gemein. Ein Grobian. Ein Unhold. Ein fieser Kerl.

---

6 Die vier zitierten Gedichte sind Goethes »Erlkönig«, Theodor Fontanes »Herr von Ribbeck auf Ribbeck im Havelland«, Paul Celans »Wasser und Feuer« und Heines »Nachtgedanken«.

Alles nicht so richtig wehrhafte Formulierungen, wenn dich jemand in eine Hecke steckt.

Ich wollte aufs Gymnasium und durfte das auch, obwohl ich nicht aus Unterfranken oder wenigstens Deutschland kam. Das fand ich fair, immerhin konnte ich mittlerweile besser Deutsch als die anderen. In Unterfranken kannst du nämlich nicht Dinge besser als jemand, sondern wie jemand.

Und ich mag es nicht, darauf zu beharren, wie gut ich Deutsch kann, aber es schützte mich, vor allem damals, als es darum ging, woher ich kam. Heute geht es darum nicht mehr. Heute geht es um andere.

Zurück zu Unterfranken. Was heißt Schädel-Hirn-Trauma auf Unterfränkisch?

Schule.

Und in eine solche ging ich
Sie war keine gute, aber ich lernte willig
Während andere sich zum Kuchen trafen
Bei Porzellan aus Meißen
Ging ich mit Paul Celan auf Reisen.

Mein Proviant war Krokant aus
Gehackten Versen
Mein Metrum recht schief
Doch gerade genug fürs Erste

Ich lernte Rhythmen von Rappenden
Manche dank Koka schon halbtot
Den Begriff Koks erklärte mir Falco
Mutter, der Mann mit dem Wortschatz ist da.

Ich verschlang Gedichte und Bücher
Von Goethe bis Büchner
Ob Schiller, ob Werther
Keiner las härter

Denn ich schmiedete einen Panzer aus Wissen
Auf dass sich jeder verpisse
Der hier einen auf Viktor machen wollte und …

… manchmal passt etwas nicht zusammen. Denn wir waren arm und neue Bücher teuer. Ich las Klassiker, weil sie urheberrechtsfrei waren, und sparte auf Harry Potter.

Ich hörte Tracks von Jungs auf der Straße und war neidisch. In den großen Städten waren alle arm und wurden gemeinsam marginalisiert, aber ich saß in einem Dorf in der Peripherie einer Kleinstadt, in der alle BMW fahren und CSU wählen und von ihren Eltern Taschengeld bekommen, und wenn du als Einziger mit dem Bus fährst, der zweimal am Tag kommt, oder als Einziger von einer Lehrerin gefragt wirst, ob du eigentlich warmes Wasser zuhause hast, dann fühlt es sich an, als würde das nur dir passieren.

Ich bewaffnete mich an die Zähne mit Wissen. Ich war nicht arm, ich hatte einen schwierigen sozio-ökonomischen Hintergrund. Meine Kleidung war nicht alt, sondern vintage, und die Brille hilft bei meinem ausgeprägten Interesse für Literatur.

Der Tisch wogt stundauf und stundab
Denk ich an Deutschland in der Nacht
Während andere tanzten wie dazu verdammte Korybanten
Lernte ich, was Korybanten zu Korybanten macht

Und was soll ich sagen? Ich habe es vergessen
Weil es keine Rolle spielt
Man merkt nicht im Wort
Sondern in der Sprache den Unterschied

Als ich in den Kindergarten kam, war es üblich, den Tag mit einem Morgenkreis zu beginnen. Wir saßen herum und spielten Spiele oder klatschten rhythmisch auf Eins und Drei. Manchmal wurden Bilder von Tieren gezeigt und wenn wir die richtig benennen konnten, wurden wir gelobt.

Einmal zeigte eine Erzieherin ein Bild von einem Nilpferd und ich fing an, zu strahlen. Ich kannte das Wort. Ich wusste, wie das Vieh hieß! Und ich sprang auf, deutete auf das Bild und rief: »Das ist ein Hippopotamus!«

Darauf alle bloß: »Nein, du Trottel. Das ist ein Nilpferd.«

Sie wussten, dass sie recht hatten. Und ich wusste, dass ich recht hatte. Wir wussten bloß nicht, dass alle recht hatten.

Ich wünsche allen, einmal nicht verstanden zu werden
Weil man dadurch alle so viel besser versteht
Jeder Mensch ist in einer fremden Sprache ein Depp
Durch die Barriere gehen die Tiefen verloren
Und Vorurteile entstehen

Es ist leicht, einen Täter, Trottel, Schnorrer
In einer Person zu sehen
Deren Ziele oder Wünsche du nicht verstehst
Weil du die Person nicht verstehst

Sprache ist Aneignung und wie sprachlos Teil einer
Gesellschaft sein?

In den meisten Sprachen, unabhängig von der Geschwindigkeit oder Komplexität der Sprache, ist die Menge an übertragenen Informationen ähnlich hoch. Alle sagen ähnlich viel.

Im Deutschen sind die wesentlichen Informationen eines Satzes am Ende. Deshalb gilt es hier auch als unhöflich, jemanden zu unterbrechen, weil es impliziert, dass man nicht so interessiert an der Kernaussage ist. Denn die steht am Ende.

Das finnische Alphabet umfasst 29 Buchstaben. 26 davon kennen wir, die übrigen drei sind Å/å, Ä/ä und Ö/ö.

Q/q, X/x, W/w und Z/z kommen beinahe ausschließlich in Lehnworten oder Eigennamen vor.

Das ungarische Alphabet umfasst 44 Buchstaben. Keine Angst. Das schließt diverse Varianten (lange Vokale, Umlaute, lange Umlaute, Digraphen[7] und Trigraphen[8]) mit ein. Diese gelten jeweils als eigene Buchstaben. Darunter fallen die langen Vokale Á/á, É/é, Ó/ó und Ú/ú, die langen Umlaute Ő/ő und Ű/ű, diverse Varianten von S (cs, s, sz[9], z, zs), diverse Endgegner für ausländische Kehlköpfe (gy, ly, ny, ty) und den Rest (dz und dzs).

Q, W, X und Y sind im Ungarischen ausgesprochen selten (Lehnworte, Eigennamen oder alter ungarischer Adel, siehe Báthory[10]).

Das längste europäische Alphabet ist das slowakische. Das längste der Welt die Khmer-Schrift.

7 Ein Digraph ist ein Laut mit zwei Buchstaben. Wie etwa das deutsche »ch«, »ei«, »ie«, »ck« und so weiter.

8 Ein Trigraph ist ein Laut mit drei Buchstaben. Wie etwa das deutsche »sch«.

9 Vergleichbar mit dem deutschen S, das ungarische S ist ein »sch« – nur falls es zu Unklarheiten ob der Aussprache meines Namens kommt.

10 Die bekannteste Trägerin dieses Namens ist wohl Elisabeth Báthory, die als Serienmörderin mit dem Beinamen »Blutgräfin« in die Geschichte einging. Nachdem der nächste Text in seiner Grundstimmung vor allem heiter ist, sparen wir uns Details. Im Falle tiefergehender Rechercheabsicht sei darauf hingewiesen, dass sich die stark mythologisierte Causa vorrangig um Folter und Massenmord dreht.

Über Äste

Dieser Text ist im Sommer 2019 anlässlich des einhundertjährigen Jubiläums von Carl Spittelers Literaturnobelpreis entstanden. Spitteler ist der einzige gebürtige Schweizer, der bislang mit diesem Preis ausgezeichnet wurde. 1914 hat er in seiner viel be- und teils auch verachteten Rede »Unser Schweizer Standpunkt« seine Landsleute zu Beginn des Ersten Weltkriegs zur Neutralität beschworen. Wesentliche Elemente der Rede sind auch ein Jahrhundert später aktuell.

Jenseits der Trümmer vergangener Tage
Das Buch der Geschichte zum Bersten gefüllt
Regt sich auch heute besonders die Frage
Was uns denn dereinst in Frieden gehüllt?

Im Kessel verschiedenster Sprachen
Köchelt hier alles von Borschtsch bis Zaziki
Gemalt aus den wildesten Farben
Ersprießen in Öl bis Graffiti

Errungenschaften. Kunstwerke
Aus Klassik und Moderne
Hier ein Perlenohrring. Da ein dicker Engel
Hier ein blauer Reiter. Da ein flinker Bengel

Alles ist so köstlich, alles ist so farbenfroh
Alles tut so friedlich, alles scheint so makellos
Erst wird die Hand zum Gruße gereicht
Doch dann verbirgt sie, was dahinter gedeiht
Da wächst ein Flüstern zum Fluchen heran
Hinter manch vorgehaltener Hand
Über all die Fremden auf dem Weg in dieses Land
In welches? Ist egal. Es geht nicht um das Land
Es geht nur um das Fremde, das sich hier wiederfand

Hier. Auf diesem Kontinent
Der seit Jahrhunderten schon Grenzen zieht
Mal mit Axt, mal mit Muskete
Mal per Schiff, mal per Rakete
Jetzt, da wir das mit dem Frieden
Untereinander hinbekommen haben
Ranken sich um die aus Weitweg alltägliche Dramen

Denn das Wesentliche war hier niemals Nationalität
Nie das eigene Revier
Das Wesentliche ist der Unterschied
Zwischen »Die!« und »Wir«

Ich komme aus zwei Ländern. Weit auseinander an europäischen Rändern bilden meine Heimaten die Grenzen im Norden und im Osten. Bei gezogenen Grenzen sitze ich zwischen den Stühlen. Wühlen im Archiv meiner Herkunft beschränkt mich immer auf das Ungenannte. Deshalb bin ich in Finnland ein Ungar, in Ungarn ein Finne, in Deutschland ein Ausländer und in Österreich ein Piefke und das ist ein Grad an Ironie, den i ned moag.

Ich habe braune Locken in einer blonden Familie. In Finnland haben wir Wimmelbilder einer fünfzigköpfigen Familie und das Spiel ist das Gegenteil von »Wo ist Waldo?«.

Es heißt »Da ist Henrik«.

Man erkennt auf den Familienfotos mein Älterwerden daran, dass ich mich immer mehr verstecke. Irgendwann gelang mir das so gut, dass ich nicht mehr zu sehen war.

Aus Ungarn gibt es keine Familienfotos, nur Erinnerungen in schweren Büchern und an Gedenktafeln, die einer Zeit mahnen, die vor dem europäischen Frieden lag.

Es fällt mir schwer, eine Grenze zwischen Menschen zu ziehen. Wir haben zwei Eltern. Vier Großeltern. Acht Urgroßeltern. Sechzehn Ururgroßeltern. Zweiunddreißig Urururgroßeltern und so weiter. Mit jeder Generation verdoppelt sich die Anzahl unserer Vorfahren.

Also nicht immer. Es gibt Gegenden, da bilden die Stammbäume Kreise und Leute glauben, es heiße deshalb Jahresring.

Die meisten von uns haben keine Ahnung, wer unsere Vorfahren sind. Eltern? Ja. Großeltern? Meistens. Ab den Urgroßeltern wird es knifflig und wenn wir in die Tiefe der Geschichte eintauchen, dann stoßen wir rasch auf absurde Mengen an Menschen. Woher sollen wir wissen, dass darunter kein Mongole war? Oder jemand aus dem arabischen Raum? Eine Jüdin? Ein Muslim? Eine Zulu? Ein Berber? Oder, oder, oder? Wie also können wir von anderen Menschen in Völkern sprechen und nicht von Brüdern und Schwestern?

Aus Tradition? Weil der Ort, an dem wir aufgewachsen sind, eine bestimmte zufällige Prägung hat? Erstens ist Tradition bloß Gruppenzwang von Toten und zweitens verbergen sich in den augenscheinlichen Unterschieden die spannendsten Geheimnisse und Gemeinsamkeiten. Ein Beispiel:

Russland heißt Russland, weil eine Gruppe, die man als Rus kannte, sich Ende des ersten Jahrtausends entlang der Dnepr niedergelassen und die dortigen Gebiete besiedelt hat. Die Rus waren eigentlich schwedische Wikinger, die finnische Übersetzer dabeihatten. Diese Finnen haben sie dabei als »Rus« vorgestellt. Denn Schweden heißt auf Finnisch »Ruotsi«. Und so werden aus Schweden Russen, wegen eines Übersetzungsfehlers. Russland heißt auf Finnisch eigentlich »Venäjä«.

Ein zweites Beispiel:

Es gibt in der griechischen Mythologie eine Verkörperung von Ermüdung und schwerer körperlicher Arbeit. Diese Figur heißt Ponos. Das Wort »ponos«[11] heißt im Russischen Durchfall. Wenn das keine interkulturell friedenstiftende Parallele ist, dann ist's Oasch.

Es gibt viele solcher Schätze und Beobachtungen, die uns im Wesentlichen vereinen.

So gesehen ist ein Entzweien recht bitterlich
Wenn sich zwei streiten, freut sich der Dritte nicht
Angst vor dem Fremden
Ist wie Angst eines Baumes vor dem eigenen Ast
Und was einem Baum die Axt
Ist dem Menschen der Hass

Egal, wie stark der Stamm – die Wurzeln bleiben unsichtbar
Wie bei uns. Nach ein paar Generationen
Weiß niemand mehr, wer da noch war
Was bleibt, ist die Summe
Die in sich zusammengeführt
Im Geäst der Geschichte die Gegenwart kürt

Das Fremde ist nur aus der Ferne fremd
Aus der Nähe zeigt sich das, was eint
Fremd sei uns allein die Furcht und die
Die wollen, dass uns Furcht entzweit
Fremd sei der, der völkische Parolen ruft
Niemals der, der nach neuer Heimat sucht

Es gibt an der Grenze zwischen Schweden und Finnland einen Golfplatz. Die Hälfte der Löcher liegt in Finnland, die andere Hälfte in Schweden. Immer wenn du ein Loch zu Ende gespielt hast, musst du kurz rüber in ein anderes Land. Hier ist eine

11 In der kyrillischen Schreibweise: »понос«

Grenze kein Handicap und ich bin mir sicher, dass darin eine gute Metapher steckt.

»árvíztűrő tükörfúrógép«
(die überschwemmungssichere Spiegelbohrmaschine)

Der Begriff stammt von Pál Faklen und ist ein Kunstwort, das alle im Ungarischen vorkommenden akzentuierten Buchstaben beinhaltet und abbildet.

Ein einfacher Akzent macht einen Vokal lang. Ein doppelter Akzent macht einen Umlaut lang. Im Finnischen doppelt man die Vokale und Umlaute.

Die überschwemmungssichere Spiegelbohrmaschine dient vor allem dazu, in den Textverarbeitungsprogrammen die verschiedenen Schriftarten anzuzeigen.

Im Deutschen verwendet man solche Sätze in Form von Pangrammen. Zum Beispiel »Zwölf Boxkämpfer jagen Viktor quer über den großen Sylter Deich« – armer Viktor. Gerade am Deich braucht man doch überschwemmungssichere Spiegelbohrmaschinen.

Turmwespen

Wie alt ich war, weiß ich nicht mehr. Vielleicht war ich neun, als ich das erste Mal von den sieben Brüdern hörte, den Figuren aus einem Roman von einem Aleksis Kivi. Dieser Mensch war schon lange tot und hieß komisch, denn »kivi« heißt Stein, und was für ein Stein mag das denn sein, der Bücher schreibt?

Ich glaube, ich war recht jung. Jung genug, um mir einen wahrhaftigen Stein vorzustellen, der sich die Sätze aus den Flanken meißelt und Kiesel zu Kommata und Punkten streut. Ein Stein namens Aleksis, der aus Gedanken sieben Brüder formt. Was für eine Welt, in der selbst Steine Geschichten ersinnen, dachte ich. Dann dachte ich lange nicht mehr an Aleksis Kivi.

»Die sieben Brüder« ruhte im Äther meiner Erinnerung, am Rande des Referenzrahmens der sogenannten Weltliteratur, versehen mit einem blau-weißen Punkt. Ein Buch, das nur herangeholt wurde, wenn finnische Literatur gerade Thema war und – mit Verlaub – finnische Literatur ist selten Thema in den Kreisen und Kanten meiner Umgebung.

Auf einem Briefumschlag, oben rechts akkurat geklebt und mit Stempel in die Rechtmäßigkeit entlassen, sitzt der Stein persönlich. Aleksis Kivi. Zwei ganze finnische Mark wert. Der Umschlag ist alt, der Brief auch, und ich noch jung, als ich ihn bekomme. Vor dem Euro war das. Die Erinnerung an Geld vor dem Euro fällt mir schwer.

Da sitzt Kivi. Ein Mann mit riesiger Stirn und zurückgehendem Haar, das einen großen Bogen um seine Schläfen macht, beinahe, als hätte er es verscheucht, vor lauter Kopfzerbrechen.

Seit diesem Brief ist er mir ganz und gar menschlich. Im Brief ging es nicht um ihn, um keine Brüder, sondern nur um eine Schwester, denn meine Cousine schrieb mir, dass sie ganz empört sei, weil sie Streit mit ihrer großen Schwester habe, und ich schrieb ihr etwas Versöhnliches, mit Sehnsucht zwischen den Zeilen, denn ich hatte weder einen Bruder noch eine Schwester und wünschte mir doch beides, meinetwegen auch sieben.

Ein Bruder meiner Mutter hat sieben Kinder, allesamt älter als ich, und das siebte dieser Kinder schrieb ebendiesen Brief und im Nachhinein klingt das wie der Beginn einer Prophezeiung, aber es waren nur die Worte einer Verletzten über die Taten einer Gemeinen mit einem bekannten Briefmarkengesicht, und wenn ich könnte, würde ich am liebsten Kivi persönlich einen Brief schreiben und ihm sagen, dass es passt.

Denn: »Die sieben Brüder« ist gleichzeitig Kivis einziger Roman und der Grundstein für den finnischen Roman an sich. Kivi kam mit einem ursprünglich schwedischen Namen in einem schwedischsprachigen Finnland zu sich und der Welt und schrieb, wie unerhört, seinerzeit auf Finnisch statt auf Schwedisch. Er schrieb einen Roman, der mittlerweile Gesichter auf Postkarten setzt, mindestens 56 Mal übersetzt worden ist[12] und die Vorherrschaft der schwedischsprachigen Literatur beendete. Zehn Jahre schrieb er daran und all das, was dann kam, bekam er nicht mehr mit.

Zu dieser Zeit machte sich August Ahlqvist, ebenfalls ein Finne mit ursprünglich schwedischem Namen, als Linguist einen ebensolchen. Als Linguist und als Kritiker.

---

12 Und das heißt schon was, weil Finnisch übersetzen, bedeutet, viel Zeit mit Umlauten zu verbringen, und wenn die Sprache, in die übersetzt wird, keine germanische oder finno-ugrische ist, dann viel Spaß bei dem Konzept der Vokalveränderung, und ja, die Punkte wohnen jetzt über dem A und wir müssen uns alle damit zurechtfinden.

Ahlqvist war ein Wegbereiter der finnischen Schriftsprache, bemüht, auch eine finnische Literatur zu ermöglichen. Er bereiste die halbe Welt mit etymologischen Absichten, übersetzte Schiller ins Finnische, gründete eine Literaturzeitschrift, veröffentlichte Gedichte unter Pseudonym, war ganz entzückt vom Bild des arbeitsamen, genügsamen Finnen und kritisierte, was ihm vor die Feder lief.

Als »Die sieben Brüder« erschien, nach zehn Jahren, urteilte Ahlqvist, das Buch sei »eine lächerliche Arbeit und ein Schandfleck der finnischen Literatur«. Er schrieb insgesamt drei Artikel zum Buch, mit stetig schärferem Ton – nur warum?

»Die sieben Brüder« handelt von sieben Brüdern, allesamt Analphabeten, größtenteils gewaltbereit und zanksüchtig, die sich erst mit allen Erwachsenen in ihrem Leben anlegen und im Anschluss in die Wildnis fliehen, um – paraphrasiert – nicht selbst erwachsen werden zu müssen (sie müssten lesen lernen, damit sie konformiert werden können und somit offiziell als Erwachsene gelten und heiraten dürfen). Stattdessen eben: Flucht, Wildnis, exzessives Trinken, viel Streit, Rauferei, fünf von sieben Brüdern machen derselben jungen Frau den Hof, es ist wild.

Das Buch bricht mit dem Bild des stoischen, genügsamen, fleißigen Landsmanns und das Echo, angeführt von Ahlqvist, war vernichtend.

Dass die Brüder nach einigen Missgeschicken, harter Arbeit, noch mehr Trinken und gelernter Lektion zu besseren Menschen werden, zurückkehren, Familien gründen und als Stützen der Gesellschaft ihr Dasein fristen, hilft freilich wenig, wenn das Buch keine besonderen moralistischen Anstalten macht. Was nicht der Fall ist.

Anstalten machte Ahlqvist genau so wenig. Es ist bitter, dass einer, der sein Leben der finnischen Schriftsprache verschrieb, und einer, der sie durch seinen Roman mitbegründete, einander derart gegenüberstanden.

Als Kivi 1871 in einer Psychiatrie bei Helsinki behandelt wurde, diagnostizierte ihm sein Arzt Melancholie in Folge der harschen Kritik. Ein knappes Jahrhundert später kam der finnische Psychiater Kallé zu dem Schluss, Kivi sei ein klassischer Fall von Schizophrenie, ausgelöst durch andauernde Angst- und Beklemmungszustände.

Kivi hatte zeitlebens große Sorge vor Armut und Obdachlosigkeit. Eine unter Kunstschaffenden verbreitete Angst.[13]

Im Alter von 38 Jahren starb er verarmt im Haus seines Bruders. Seine überlieferten letzten Worte – und mit diesen behielt er recht: »Ich lebe.«

Heute gilt »Die sieben Brüder« noch immer als einer der besten finnischen Romane und Aleksis Kivi als Begründer des finnischen Romans, das Gesicht auf Briefmarken und Statuen, auch wenn keine der Statuen, die ich kenne, aus Stein ist.

Kurz nach seinem Tod trat Ahlqvist nochmal nach. Er veröffentlichte ein Schmähgedicht, in dem er Kivi als wahnsinnigen Säufer aburteilt, einen »Dichter« (die Anführungszeichen verwendet Ahlqvist) ohne Kunstfertigkeit.

Es steckt viel von der Sorge des Schaffenden in dieser Beziehung. Wenngleich die Beziehung zwischen Kritik und – in diesem Fall – Autor symbiotisch sein sollte, bedingt das eine doch die Existenz des anderen, so sticht mir doch im Falle Kivi die Heftigkeit ins Auge. Es wirkt, als sei es persönlich. Es wirkt, als wolle Ahlqvist ihn geradewegs hinrichten. Je nach Einschätzung der medizinischen Umstände sei ihm das gelungen.

Ich war etwas älter, als ich erstmals Ratten kochen sah und »Ratatouille« mich das Wesen eines Kritikers begreifen ließ. Ich bin sicher, Ahlqvist hätte den Film nicht gemocht. Es ist ein Kinderfilm, in dem eine Ratte namens Remy einem glücklosen Küchenjungen dabei hilft, in die Sphären der Sternegastronomie aufzusteigen – Sphären, an deren Pforte ein todernster Kritiker namens Anton Ego über Einlass und Verdammung entscheidet.

Nach diversen Eskapaden und handlungsbedingten Finten serviert man dem Kritiker das namensgebende Ratatouille und

13 Wir werden häufig gefragt, wie wir auf unsere Ideen kommen. Zum Beispiel durch Perspektive und finanzielle Sicherheit.

der wiederum ist begeistert. In seiner Begeisterung spricht er über das Wesen der Kritik in einem Monolog, hervorragend gespielt von Peter O'Toole, den ich allen Personen an Herz und Hirn legen möchte, die den Mut fassen, etwas zu kreieren, und erst recht allen, die diese Kreationen gern kritisieren.

Der Weg von sieben Brüdern zu einer computeranimierten Ratte dauert 137 Jahre. In diese Zeit fällt eine Unzahl von Kunstschaffenden, denen Kivi Wegbereiter oder Vorbild war. Der 10. Oktober, sein Geburtstag, ist der Tag der finnischen Literatur.

Eine Zeitgenossin von Aleksis Kivi war die Autorin, Dramatikerin und Feministin Minna Canth. Sie war nicht nur die erste finnischsprachige Journalistin des Landes, sondern gilt auch als die erste bedeutende Autorin, die mit scharfem Blick in ihren Stücken die Verhältnisse kritisierte und in Debatten für die Rechte von Frauen einstand.

Canth war im Wortsinn federführend in Gleichberechtigungsfragen. Ihr Werk und ihr Einsatz trugen maßgeblich dazu bei, dass 1907 Finnland als erstes europäisches Land das Frauenwahlrecht einführte – zehn Jahre nach ihrem Tod.

Ihr Geburtstag, der 19. März, ist der finnische Tag der Gleichberechtigung.

Sie hatte sieben Kinder. Ihr Werk umfasst Theaterstücke, Kurzgeschichten, Romane, Reden, Zeitungsartikel und eine umfassende Korrespondenz.

Das Wohl des sicheren Genicks

Da ist ein kleines Kratzen
Am Rand meiner Gedanken
Ein wack'res, scharfes Wetzen
Ermahnt mich meiner Schranken

Im Nacken sitzt die Zuversicht
Darüber hoch empor
Thront selbstgerecht der Zweifel
Von mir zum König auserkor'n

Die Durchlaucht meines Schaffens
Der Zensor meines Seins
Mahnt mich, doch zu machen
Doch mahnt er nur zum Schein
Er zählt meine Ideen
Führt Buch und ist entzückt
Über all die Worte, die er im Keim erstickt.

Dieser Zensor ist mein Zweifel
Den roten Stift bereits gezückt
Sortiert er die Ideen
Die meiner bald entrückt

Eben war da doch ein Funke
Der Hauch eines Poems
Ein Abenteuer unter
Tausend Schritten zähen Gehens

Da rauscht der rote Stift
Mir schon die Stirn entlang
Und das Abenteuer endet
Bevor es je begann.

Einst zweifelten drei vom Tage
Müde Menschen an sich und aneinander
Der Erste war noch jung, in dieser Welt noch unbewandert
Als Kind sah er alles, schauernd und auch schön
Ohne Farbe der Erfahrung war die Welt ihm noch entblößt

Da war das Rot noch wild und frei
Die Farbe eines Feuers
Das erste Laub im Herbst
Bilder an Flanken der Gemäuer

Doch warte nur, mein Junge
Die Kraft des Roten wirst du noch verstehen
Bislang geschah dir noch kein Lehrer
Musst noch nicht zur Schule gehen
Aber wenn du erstmal gehst, mein Kleiner
Dann wirst du es sehen
Der rote Stift zieht weite Kreise
Und den Blick auf das Problem

Der zweite Mensch, vom Tag so müde
Er tut sich schwer mit ihm
Abends sind die Gedanken spröde
Und die Sorgen schweigen nie

Rot ist hier die Farbe des Verbots und auch des Scheiterns
Auf dem Kontoauszug droht es rot: »Mach jetzt bloß weiter!
Schreibst du rote Zahlen, dann nimm die Beine in die Hand
Strampel dich durchs Laufrad, sonst gehörst du ganz der Bank!«

Der zweite Mensch, vom Tag so müde
Ächzt beim bloßen Stehen
Alles scheint hinüber, nicht mal die Roten kann man wähl'n.

So ächzt und keucht und flieht er vor der roten Welt
Ins Alter, wo der dritte Mensch bereits die Hand aufhält

Der Dritte war schon immer müde, es liegt ihm in den Knochen
Ein paar hat er schon ausgetauscht, das lässt ihn leise hoffen
Dass doch würdig ende, was einst hoffnungsvoll begann
So sitzt der Alte da, vergilbte Bilder an der Wand
Die Welt hat ihn vergessen, er verlässt sie unbekannt

Diese drei Personen sind dieselben und war'n es immer schon
Diese Drei beschwört mein Zweifel beständig in mir hoch
Er sitzt in meinem Nacken, wo er die Zuversicht erstickt
Hält sich lachend seinen Wanst, wenn er zu mir spricht:
»Mei, Bua, so wird's fei nix, i hob's scho lang g'wusst
Ois, was du schreibst, is grod a riesn Stuss!«
So feixt er vor sich hin und nervt mit dem Geseier
Gleichsam war ich überrascht – mein Zweifel ist ein Bayer

Während ich glaube, dass er jeden Grund hat
Tasten die Finger am Nacken hinunter
Bis ich es spüre, so klar und so pflückbar

Was den Zweifel erschüttert, verbirgt sich im Rückgrat
Und dort pack ich meinen Mut
Reiße ihm den Rotstift aus der Hand
Rot ist die Farbe einer Glut
Die mal als Feuer hell gebrannt
Ich schreib in roten Lettern ein Manifest der Gegenwehr
In inspirierten Silben über die gesamte Zimmertür
Und ich streiche noch in Rot dieses gottverdammte Land
Damit ich mich gewöhne an die Farbe meiner Angst
Und ich klatsche rote Farbe auf die Wand von jedem Haus
Damit es rötlich regne, wenn ich dann durch diese lauf
Und ich packe meinen Zweifel, zerre ihn von meinen Schultern
Tauche ihn in Farbe und beschmier damit die Wunden
Aller Zweifler, aller Träumer, die sich nicht so richtig trauen
Ihre Taten, ihre Worte um ein fremdes Ohr zu hauen
Und ich markiere jeden Sprung in jedem Selbstbild dieser Stadt
Denn ist die Angst mal offenbart, dann verliert sie ihre Macht
Und ich breche eine Lanze für unausgesprochene Ideen
Diese eine, die du hast, glaub mir, ich will sie sehen
Der Versuch besiegt den Stillstand an jedem fucking Tag
Drum reiß aus deinem Nacken, was dich abhalten vermag
Von dem, was du willst oder gar erträumst
Und ertränk den Zweifel in dem Rot
Bis der Bastard dann ersäuft

So nehm ich seinen Rotstift und zieh einen fetten Cut
Mir kam gerade 'ne Idee und die muss jetzt aufs Blatt.

Am 13. Oktober zelebriert Finnland den Tag des Scheiterns.
Es ist kein Feiertag.

Auf dem Landeplatz

In Deutschland zur Schule zu gehen, ist wild. Ich erinnere mich gut, denn erst war ich begeistert und dann nicht mehr. Das Schulklima ist gerne wechselhaft. Mal verspricht es schillernden Sonnenschein, mal zieht aus dem Westen ein Hochdruckgebiet ins Klassenzimmer und dann sitzt du schluckend vor deiner Formelsammlung und zählst die Sekunden, während an der Tafel der Physiklehrer nach und nach deine Freunde über die Planke schickt.

Die Metaphern sind gemischt, danke Deutschunterricht.

Es gibt zwei wesentliche Themen der Schulzeit, die ich erst in Deutschland kennenlernte: Helikoptereltern und die Angst vor mehrsprachigen Haushalten. Häufig hängen diese Themen zusammen.

Ich vermutete zunächst, Helikoptereltern wären die, die ihre Kinder per Hubschrauber in die Schule fliegen. Ich selbst kam mit dem Bus, die anderen mit dem Benz oder dem BMW, und ich dachte, sie seien deshalb jeden Tag so beschissen drauf, weil sich ihre Eltern keinen Hubschrauber leisten konnten.

In Finnland heißen Helikoptereltern »Curling-Eltern«, weil sie wie ein Curling-Team mit einem Besen dem Kind vorauseilen und alle Hürden und Hindernisse beseitigen.

Endlich weiß ich, wofür Curling gut ist. Gerüchten zufolge fliegen sie anschließend mit dem Besen nach Hause.

In Ungarn heißen Helikoptereltern »Eltern«. In Ungarn gibt es weder Helikopter noch Curling.

Spannend finde ich, wenn sich das Überbehüten mit hohen Erwartungen mischt. Wenn du also aufwächst in dem Wissen, dass Mama oder Papa jeden Fehler aus dem Weg räumen, und du gleichzeitig besser gute Leistungen bringst, weil sonst ist der Rummel aber aus, mein Freund!

Es gibt da zwei Arten von Helikoptern – die klassischen und die Kampfhubschrauber. Kampfhubschraubereltern gehen davon aus, dass der Nachwuchs unter großem Druck zu großer Leistung wächst. Wie Champagner, der auch unter hohem Druck in Fässern reifen muss. Nein, das Kind weint nicht. Es perlt.

In meiner Familie kann man das mit dem Druck. Da wird gern mal die Großtante Yolanthe beschworen, die mit zweiundzwanzig ihren zweiten Doktor an der Sorbonne abgeschlossen hat. Aber Onkel Albert, der sich mit zwanzig die Haare angezündet hat – den erwähnt niemand.

Auf der anderen Seite eben das große Helikoptern mit viel Verständnis. »Einstein ist in der Schule auch mal sitzen geblieben«, verkündet eine Mama voller Zuversicht.

Dein Kind ist nicht Einstein, Birte, will ich schreien, dein Kind schiebt sich Legosteine in die Nase. Quer. Mit sechzehn! Und natürlich ist Einstein nie sitzen geblieben. Das höchste der Gefühle war eine vier in Französisch.[14]

---

14 Natürlich ist Albert Einstein nie sitzen geblieben. Er hat mal ein Gymnasium ohne Abschluss verlassen und sein Abitur bzw. seine Matura nachgeholt. Er war auch nie schlecht in Mathe. Einstein ging in der Schweiz zur Schule. Dort sind die Noten anders skaliert. Eine Fünf entspricht dem deutschen Zweier, eine Sechs dem deutschen Einser. Nach der Logik hatte Einstein zwar mal eine Fünf oder Sechs in Mathe, aber das heißt nicht, dass der in diesem Fach schlecht war. In Ungarn gehen die Noten übrigens von Eins (»elégtelen« – ungenügend) bis Fünf (»jeles« – lobenswert). In Finnland

Da saß ich also, in einem Klassenzimmer mit all den deutschen Helikopter- und Kampfhubschrauberkids. Seite an Seite. Unsere Schule war seltsam. Wir hatten zwei Kunstlehrer und vor einem haben wir uns gefürchtet. Wenn du dich vor dem Kunstunterricht fürchtest, ist alles aus. Der andere Kunstlehrer war dafür bekannt, dass er mal einen Hund beim Spazieren abgestochen hatte – und das war der Beliebte.

Unser Sportlehrer hatte die Geduld eines Rottweilers und die Güte einer Kettensäge, aber immerhin war unser Chemielehrer hervorragend. Ein begnadeter Zauberer. Seine Experimente glichen magischen Showeinlagen. Einmal hat er meine Zwei zu einer Fünf gezaubert, alle waren beeindruckt.

Als Ausgleich habe ich gern Theater gespielt, wollte sogar Schauspieler werden. Meine große Rolle kam dann in einem Stück namens »Hotel zu den zwei Welten«. Man muss wissen: Das gesamte Stück spielt in einem Hotel und ich war der Baum.

Früh jedenfalls, zwischen all den frisch gestriegelten und beständig auf ihren Druck geprüften Kindern, lernte ich vom zweiten großen deutschen Bildungsphänomen: der Angst vor mehrsprachigen Haushalten.

Alle Jahre schreibt beispielsweise die Tagesschau »Kaum Deutsch zuhause! ... spricht jedes fünfte Kita-Kind« und darin liegt ein Urteil. Anders ausgedrückt hieße der Satz »Jedes fünfte Kita-Kind lernt zuhause eine zweite Sprache« oder meinetwegen auch, um der eigentlichen Tragik darin gebührend Raum zu geben, »NUR jedes fünfte Kita-Kind lernt zuhause eine zweite Sprache«, aber diesen Weg wählen sie nicht, wählen sie nie, wenn es um die Kinder geht, deren sprachliche Heimat nicht nur Deutsch ist, und ich muss sagen, mich enttäuscht es, das seit Jahren zu hören.

Meine Eltern waren sehr stur. Mama sprach Finnisch, Papa sprach Ungarisch. Seit der Grundschule wurden sie ermahnt,

---

geht's von Vier (»hylätty« – ungenügend) bis Zehn (»erinomainen« – ausgezeichnet). Oder von Null bis Fünf (an den Hochschulen).

mit mir Deutsch zu sprechen, und seit der Grundschule hieß es in allen Sprachen »Nein«[15]. Das ist mein großes Glück.

Gleichzeitig bin ich eine interessante Schnittmenge, denn Finnisch ist eine coole Sprache. Wie heißt nochmal dieses Wort für »sich allein zuhause in Unterhose vor dem Fernseher besaufen«?[16] Ungarisch ist heikler. Da spitzt der Sitznachbar in der Straßenbahn die Ohren, wenn ich telefoniere, und ich wünschte, die Schlagzeilen wären ehrlich: »Jedes fünfte Kita-Kind lernt eine Sprache, vor der wir aufgrund tiefgehender und systemimmanenter Vorurteile Angst haben!«

Wer Integration fordert, muss die Geschichte einer Person auch zulassen. Integration bedeutet, dass da Sprachen koexistieren, sich eingliedern und nicht ersetzt werden. Sonst hieße es ja auch Substitution.

Integration ist Einbezug und ein Prozess, der nicht nur vom zu integrierenden Subjekt, sondern vor allem auch von der in die zu integrierende Gesellschaft zu leisten ist. Ich weiß, wie abstrakt und technisch das klingt, also will ich versuchen, ein Bild zu zeichnen in der Sprache, die mich einst integrierte.

Man stelle sich vor, die eigene Geschichte läge verborgen zwischen Zeilen, die Fragen eines Gestern, das einen morgen schon ereilte, da schlummerten ganze Kulturen im Ziffernblatt der stehengebliebenen Uhren einer Sprache, man wäre immer halb hier, halb dort, und da stünde man nun, neben der Wahl der Eltern, die häufig zwischen »Sprechen wir zuhause unsere Sprache?« oder »gebrochenes Deutsch« läge, und all die Ämter und die Schulen und die Lehrer und die Gremien hätten eine Meinung, die sie diesen Eltern Tag für Tag ungefragt mitteilten

---

15 Lern auch du, »Nein« zu sagen! Auf Ungarisch mit »nem« und auf Finnisch mit »ei«.

16 Es heißt »kalsarikänni« und beinhaltet keinen Fernseher. Im Wortsinn beschreibt es das Trinken in Unterwäsche. Muss nicht zwangsläufig alkoholisch sein, es geht vor allem darum, ungezwungen seine Ruhe zu haben. Unter uns: Es ist ein Lifestylewort, das vom Rest der Welt totgeschrieben wurde. Grüße gehen raus an hygge.

und aus dieser Meinung würde eine Empfehlung und die Empfehlung zum Befehl, »Sprechen Sie zuhause Deutsch!«, und sie wüssten ganz genau, dass dieser Druck vor allem jene träfe, die vielleicht nicht so stur und selbstbewusst den Stand der eigenen Geschichte verträten, sondern nur das Beste für die eigenen Kinder wünschten.

Wenn die Muttersprache gebrochenes Deutsch ist, heißt Integration plötzlich, nicht mit den eigenen Eltern sprechen zu können. Wie soll man auch reden, über dieses, über jenes, die großen, schweren Themen, wenn die Basis fehlt? »Essen gut, Wetter gut, Schule? Danke, geht. Der Chemielehrer hat mein Zeugnis verzaubert und meine Zukunftsperspektiven in einer Antioberstufensäure aufgelöst und die Schule ist jetzt hundefreie Zone. Sonst läuft bei mir.«

Wie soll man mit ihnen streiten, wenn man auf der gleichen Sprache nicht anderer Meinung sein kann?

Man stelle sich vor, man wäre zum ersten Mal unglücklich verliebt und so richtig dreizehn und niemand verstünde einen und niemand sonst hätte sich jemals auf der Welt so gefühlt wie man selbst in diesem Moment und dann wäre der einzige Mensch, der einen verstünde, Capital Bra und man weinte heimlich und die Mutter fragte, was los wäre, aber die Barriere wäre so groß, dass man in der Leere der eigenen Worte um Fassung ränge, aber Bra sagte auch nur »lelelelel«, aber auf so eine Weise, wo man ahnte, der Mann weiß, wovon er spricht, und es küsste einen zwar niemand, aber immerhin küsste er einem die Augen, und dann nähme die Mutter einen wortlos in den Arm, weil sie wüsste, dass was nicht stimmte, und dann wäre man plötzlich fünfzehn. So richtig fünfzehn und niemand verstünde einen, außer Samra, und man könne nicht mal vernünftig rebellieren, weil sonst die Polizei käme, und die fragten vielleicht bei Emil und Justus nach, was eigentlich los sei, weil we put the »cop« in Helikopter, aber bei einem selbst halt nicht, und die Nuancen deiner Rebellion verlören sich in der Übersetzung und bei Familienbesuchen, ob dort oder hier, fehlte jede

Grundlage. Plötzlich wäre man verwandt mit Fremden und in der Schule wäre alles gerade auch nicht einfach, weil seit der Fünften die Deutschlehrerin lautstark an einem zweifelte, und das war doch nicht der Deal!

Die Eltern haben das entschieden[17], weil ihnen einst versprochen wurde, dass es für einen leichter werde. Nicht, dass man einem die Vergangenheit versperrt und gleichzeitig die Zukunft verweigert. Hier greift die Krux der Integration, die nicht nur voraussetzt, sondern auch zulässt.

Und das ist, was mich so stört: die Willkür, welche Zweitsprache zu den guten gehört.

Die Leute reagieren unterschiedlich, je nachdem, was zuhause gesprochen wird.

Französisch? Oh, mon amour, ach, könnt ich nur auch die Sprache der Liebe, ich war mal in Paris, quelle jolie ami ich dort traf, aber was heißt nochmal »selbst schuld« auf Arabisch?

Hauptsache, »mashallah« wird Jugendwort des Jahres und inshallah sehen sie darin die Ironie.

In so einem Fall bräuchte es wirklich Helikopter oder Kampfhubschrauber, aber häufig sind die Eltern genau davor geflohen. Häufig ist es genau das, weshalb man alles auf sich lädt, alles über sich ergehen lässt.

Viele Jahre später spreche ich über die Schule nur noch zweimal monatlich auf der Couch und zahle viel Geld dafür. Ich sitze mit meiner Partnerin in der Straßenbahn. Eine Freundin von mir hat gerade einen Shitstorm, denn es ist Dienstag und sie eine Frau im Internet und hat sich geäußert zu einer dieser Schlagzeilen und dem, was dahinter liegt. Ich sitze in der Straßenbahn und lese die Kommentare. Meine Stirn in Falten.

---

17 Auf Ungarisch werden Entscheidungen gebracht, auf Finnisch wie auf Englisch macht man Entscheidungen, auf Französisch oder Italienisch nimmt man sie, auf Spanisch nimmt man sie wie eine Richtung, in die man abbiegt, und im Deutschen, da werden Entscheidungen gefällt. Oder getroffen. Aber nicht so, wie man Freunde trifft, sondern mit einer Axt.

»Machst du dir Sorgen um deine Freundin?«, fragt meine Partnerin und gibt mir einen Kuss.

Die Frau am Nebensitz atmet scharf ein. Possessivpronomen sorgen für Missverständnisse.

Meine Partnerin kann vier Worte auf Finnisch. »Kahvi«, »pilvi«, »kukka« und »nukkuu«. Kaffee, Wolke, Blume und »sie schläft«. Mit diesen Vokabeln und viel Inbrunst können wir im Zweifelsfall die wichtigen Gespräche führen. Oder wir sprechen eben Französisch oder Englisch oder Deutsch.

Es gibt im Französischen kein Wort für »billig«, sondern bloß die Verneinung von »teuer«. Etwas heißt nicht »billig«, sondern »nicht teuer«. Das sagt recht viel, indem es etwas nicht sagt.

Auf Ungarisch stößt du an mit »Egészségedre!« – das heißt »Auf dein Wohl/Auf deine Gesundheit!«.

Bei der Aussprache ist darauf zu achten, phonetisch möglichst einwandfrei zu sein, sonst klingt es schnell nach »A seggedre!« und das heißt »Auf deinen Hintern!«.

Vorsichtig auch bei »rendőrség« und »rendőrsegg« – das eine ist die Polizei und das andere ein Ordnungshüterhintern.

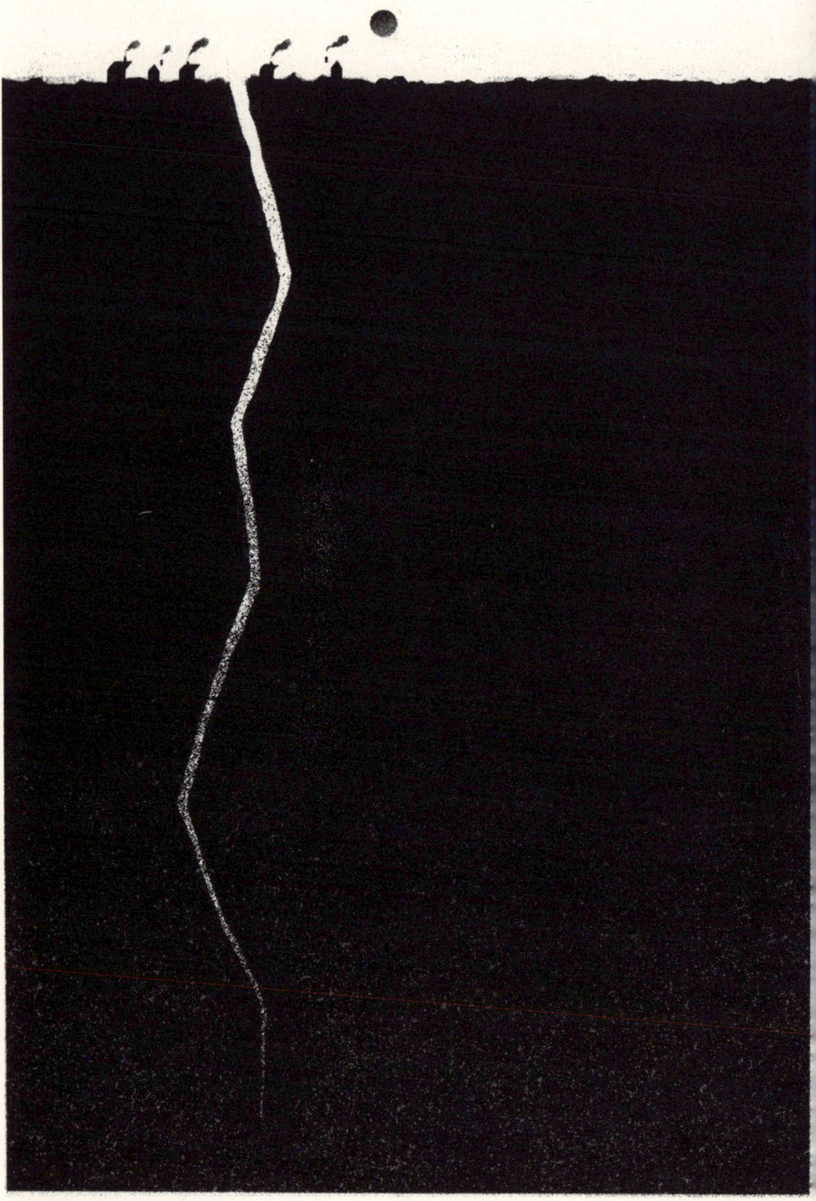

Patronenmärchen

Im traurigen Monat Oktober war's
Die Tage wurden trüber
Da regte sich Betroffenheit
Ganz Deutschland ging davon über

Vielleicht war's auch Februar oder Juni, meinetwegen
Es ergreift das ganze Jahr ein betroffenes Bestreben
Ja, doch, im traurigen Monat Februar riss einer
Neun Lücken ins Leben und etwas früher im Oktober
Der Tag vor Jom Kippur, da scheitert ein anderer an Türen
Und legt uns ein paar Spuren, die zurück gen Sommer führen
Von Hanau, Halle bis nach Kassel
In den Garten eines Mannes
Unter Kirmesklanggerassel in den Unterbau der Republik
Wo seit Jahren und Jahrzehnten die Grausamkeit
Die Kreise zieht, und alle stehen und sehn betroffen
Den Vorhang zu und noch immer alle Fragen offen
Wie kann das nur passieren, fragt's heute und nach München
Wie kann das nur passieren, dass rechte Leute einfach lynchen
Wie konnte das passieren, in Solingen und Lampertheim?
Brandgeschosse gehen hier durch Mark und Bein

Wie konnte das passieren, in Lübeck oder Mölln
Rostock, Stuttgart oder Köln?
Die Fragen bilden Kreise, die Mitte ist erstarrt
Während viele warnen, mahnen
Schweigt die große Mehrheit – in Betroffenheit verharrt.

Alle Jahre wieder kriecht aus dem Geäst der Republik
Ein von manchen gern gesehener Gast
Der leichte Antworten auf schwere Fragen gibt
Der betört und begeistert
Bis zerstört und zerfleischt wird
Und sie folgen in Chören dem Beispiel
Die Behörden? Schweigen.
Empörung? Kurzweilig.
Doch wo Gewalt herrscht, schweigen die Gesetze nicht
Nein, es ist die Stille derer, die wegschauen
Wenn man Gesetze bricht
Es ist die träge, satte Mitte, deren Betroffenheit fatal ist
Weil das bloß heißt, dass die Lage ihnen morgen schon egal ist.

Sie erzählen ein Märchen von einem offenen Land
Gießen es in Kugeln, aus Kruppstahl gebrannt
Denn dieses Märchen ist so deutsch wie für Märchen gewöhnlich
Und es endet oft blutig wie für Märchen schlicht üblich

Es war einmal ein Versprechen
Am Ende der letzten Naziverbrechen
Liegt das Versprechen auf dem Land
Sie geben es der Welt
Heben feierlich die Hand
Und dann bauen sie drauf los
Wirtschaftswunderstyle, alles wieder groß
Sie flicken ihren Plunder heil
Holen Hilfe aus dem Ausland, Generation Gastarbeiter
Gemeinsam geht der Aufbau leichter

Sie spähen in den Osten
Wo aus einer Narbe eine Mauer wächst
Zwischen ihnen, den morgigen Schwestern
Und den Brüdern von gestern

Aber da ist ja noch das Versprechen
Sie werden daran erinnert
Die Auschwitzprozesse
Es gibt die alten Nazis noch immer
Studentische Proteste verjagen rechte Hetze
Aus dem letzten Nest
Bevor jemand mit der falschen Flagge
Wieder irgendwo sein Leben lässt
Alle sind betroffen und die Mauer zeigt Risse
Das Land ist am Hoffen und als sie schließlich fällt
Kann das deutsche Gewissen, kann Deutschland genesen
Man klopft sich auf Schultern und trifft sich am Tresen!
... und einen ermorden sie in Berlin, einen in Eberswalde
So beginnt die traurige Parade durch ein wiedervereintes Land
208 Namen, Stand heute, aus dem Leben gebannt

Immer wieder die Betroffenheit. Immer wie gelähmt
Wie viele sollen es noch sein, bis die Wut sich offenlegt?
Stattdessen haben wir die Sorgen
Und die Ängste Rechter jahrelang besprochen
Sie zu Talkshows eingeladen
Sind ihnen politisch zugekrochen
Während einer seinesgleichen in Eichenhainen wähnt
Lässt die Eitelkeit in Talkshows rechte Gewalt gern unerwähnt
Während sich der Bürger über Schweinefleisch erzürnt
Türmen sich Aktenzeichen, Leichen und in mir die Zweifel
Ob das Versprechen noch zu diesem Land gehört

Aber Hauptsache betroffen
Das ist am Anfang auch verständlich
Aber nach dem 208ten Mal
Finde ich das vor allem sehr befremdlich
Weil Betroffenheit ein Stillstand ist, es bleibt der Status quo
Den Angehörigen nützt es nichts, die Rechten sind gar froh
Denn nach all den Jahren hat man ihnen
Noch immer kaum aufs Maul geschaut
Natürlich nehmen die sich darauf alles raus
Wenn niemand ihnen Kante zeigt
Wenn alle bloß betroffen sind
Und die Mehrheit auch betroffen bleibt

Was ist mit der Wut der tatsächlich Betroffenen?
Den Fragen der Väter oder der Fahndung nach Tätern?
Da sind Lücken auf den Bildern
Eine Kerbe, wo mal ein Bruder stand
Und das im Herz von diesem armen, reichen Land
Da ist ein Riss, wo sonst die Mutter oder Schwester ist
Schenk dir die Betroffenheit, sie verdienen Besseres!
Wo ist die Verantwortung
Wenn wir statt »Nein« nur »Ja« und »Amen« sagen?
Erst recht, wenn die Kreuze im Land
Zu Wahlen wieder Haken tragen

Da ist dieses Versprechen und das will ich noch betonen
Es liegt an uns, jeden Tag das Versprochene zu wiederholen
Denn das ist der Unterschied zwischen »Nie wieder«
Und einem Märchen aus Patronen.

An der Küste im Westen Schottlands liegt Loch Leven und darin die Insel Eilean[18] Munde. Die Insel ist unbewohnt, nur einen Friedhof gab es. Über Jahrhunderte bestatteten drei Clans hier ihre Toten – sogar dann, wenn sie Krieg führten.

Neben der Insel liegt eine kleinere, die Eilean a' Chomhraidh, auch bekannt als *Insel der Auseinandersetzung*. Dorthin wurden im Falle von Unstimmigkeiten und Meinungsverschiedenheiten Menschen gebracht und diskutierten, bis sie zu einer Lösung kamen. Dann ruderten sie ein Stück weiter zur *Insel der Abkommen* (Eilean na Bainne) und fixierten ihre Abmachungen.

Nur damit klar ist, auf welchen Inseln man manche Menschen aussetzen könnte. Wenn drei teils verfeindete Clans gemeinsam einen Friedhof betreuen können, der neben einer für Konsens bekannten Insel liegt, dann bleibt die Zuversicht.

18 Es hätte so gut gepasst, wenn »Eiland« von »Eilean« käme. Tja.

Eine Brandrede für Liebende

Menschen sind verwirrt. Es gibt plötzlich so viele Eissorten, Schuhsorten, Pokémon, sexuelle Identitäten. Und weil Menschen ungern verwirrt sind, schreien die Verwirrtesten unter ihnen, etwas sei unnatürlich.

Transgender? Unnatürlich. Homosexualität? Unnatürlich.

Unnatürlich ist ein Totschlagargument. Das gehört sich nicht, das ist nicht von der Natur so gewollt, deshalb finden wir das blöd. Es ist abgesehen davon totaler Schwachsinn.

Alles ist unnatürlich. Die Tatsache, dass ich diese Zeilen schrieb, indem ich auf mit Symbolen beschmierte Plastiknoppen geklopft habe, ist unnatürlich. Die Tatsache, dass ich diese Zeilen von einem gepressten und gebleichten Baumfilet able-se, ist unnatürlich. Die Tatsache, dass ich das auf einer Stahl-Holz-Konstruktion tue, während ein vergitterter Phallus meine Stimme aus verschiedenen Ecken des Raumes hallen lässt, ist unnatürlich[19].

---

19 Oder diese Zeilen von einem gepressten und gebleichten Baumfilet abgelesen werden, das zuvor durch eine Konstruktion in eigens dafür gemischten Farben bedruckt wurde und im Anschluss aus einer Baumkronen überragenden Halle mit einem Gefährt, dessen Leistung mit einer Pferdeanzahl im vielstelligen Bereich übersetzt wird, zu Personen gebracht wurde, die

Borke fressen, in ein Erdloch kacken und sterben, weil man einen Splitter im Daumen abbekommen hat – das ist natürlich. Achtzig werden nicht.

Wir haben uns vom Natürlichen emanzipiert und Mittel und Wege gefunden, uns Ausdruck zu verleihen, aber das ist natürlich schwer, wenn man kognitiv noch im Pleistozän rumsaftelt.

Unnatürlich. Da wird dann als Nächstes so getan, als ob es eine zentrale Instanz gäbe, die das entscheidet. Also was natürlich ist und was nicht. Als säße da ein Gott, der sagt: »Ich gab euch Facebook, die Schlafcouch, WLAN, Selfiesticks, Fidget Spinner, Helene Fischer, Pokémon Rot, Blau, Gelb, Gold, Silber, Kristall, Rubin, Saphir, Feuerrot, Blattgrün, Smaragd, Diamant, Perle, Platin, Golden, Silbern, Schwarz, Weiß, Schwarz 2, Weiß 2, X, Y, Omega Rubin, Alpha Saphir, Sonne, Mond, Ultrasonne, Ultramond, Schwert und Schild[20], aber wenn Tom jetzt Tina heißt, da zieh ich 'ne Grenze!«

Wenn man an Gott glaubt, dann glaubt man auch, er habe das Schnabeltier erschaffen. Ein Schnabeltier ist das, was passiert, wenn ein Bieber eine Ente fickt. Das ist ein Säugetier, das Eier legt. Das ist ein Tier, das so selten und seltsam ist, dass dafür die eigene Ordnung der Kloakentiere erfunden wurde. Da sitzt das Schnabeltier. Gemeinsam mit dem Ameisenbären, also einem Tier, das aus einer Liebelei zwischen Kaktus und Staubsauger entsprungen ist, und fühlt sich natürlich. Wenn das natürlich ist, wie kann dann ein Säugetier, das seine Identität updaten und gemäß seinem Geschlecht leben möchte, unnatürlich sein?

---

diese Zeilen und das dazugehörige *filet de l'arbre* durch einen Tausch mit anderweitig buntem Papier erwarben und es nun in ihrem Zuhause lesen, das sich aller Wahrscheinlichkeit nach weder in einem Baum noch in einer Höhle befindet.

20 Eines fernen Tages wird dieser Text unendlich lang sein und an dieser Stelle in einer nie endenden Liste aus Pokémon-Editionen implodieren. Vielleicht ist bis dahin das besprochene Thema gesellschaftspolitisch im Sinne der Menschlichkeit entschieden. Ansonsten gilt: $\lim_{t \to \infty} N_{\text{Pokémon}}(t) = \infty$.

Und dann räuspert sich die innere Bibeltreue und fragt ganz unschuldig und besorgt: »Aber wie soll ich das denn meinen Kindern erklären?«

Liebevoll.

Manche Menschen stehen auf Menschen gleichen Geschlechts. Manche haben ein anderes Geschlecht als der Körper, in dem sie geboren sind. Menschen dürfen das und Menschen können das ändern.

Kinder verstehen das.

Kinder haben Phantasie. Im Kino laufen Filme, in denen ein blonder Donnergott einen grünen Riesen, der eigentlich ein zurückhaltender Wissenschaftler ist, verhaut und dann mit ihm gemeinsam von einer interstellaren Müllhalde flieht. Kinder diggen das. Kinder spielen Pokémon – ein Spiel, dessen Wesenskern darin liegt, dass kleine Kreaturen irgendwann ihre alte Schale abwerfen und sich in einer neuen Form präsentieren, die ihnen fortan gerechter wird und in der sie sich wohler, stärker, entwickelter fühlen. Oder bleiben, wie sie sind, weil's eh passt.

Die Vorstellung, dass Anna und Anna miteinander schmusen und sich lieben, zerstört keine Kinderseele. Kinder stellen sich regelmäßig vor, sie wären Superheldinnen, Tiere oder Einhörner – Kinder kriegen das hin.

Kinder glauben an den Weihnachtsmann. Und der ist unnatürlich!

Ich verstehe nicht, wie man gleichzeitig homofeindlich und Weihnachtsmannfan sein kann. Das ist ein jovialer Bursche mit Bart und Übergewicht, der das ganze Jahr mit einer Horde Elfen am Nordpol sitzt, durch den Schnee tollt und in seiner Werkstatt dann bei Glitzer, Lametta, Punsch und Keksen Geschenke für alle Kinder baut und sie anschließend per Rentierexpress vertreibt. Wenn die Fab 5 bei ihm vorbeikämen, würden die sich das ganze Glitzer und die ganzen Elfen anschauen und wahrscheinlich sagen: »Mh, das is schon 'n bisschen doll!«

In Polen brüsten sich Gemeinden mit LGBT-freien Zonen und berufen sich auf katholische Werte. Die größte Religion der

Welt predigt Liebe und schürt Hass. Bis 1139 gab es das Zölibat faktisch nicht. Ab da bis zum Konzil von Trient, 400 Jahre später, wurde das Zölibat mit Gewalt durchgesetzt, die Frauen und Kinder des Klerus versklavt. Und diese Gruppe wagt es, die »Heiligkeit der Familie« zu predigen? Auf die sich heute Länder wie Polen berufen, wenn sie Menschen quälen. Der letzte Papst nennt Homosexualität »moralisch böse«[21]. Der damalige Kopf des Vereins der romantisch dysfunktionalsten Menschen auf der Welt nennt Menschen, die sich und einander einfach nur in Ruhe lieben wollen, böse. Das ist vollkommen absurd. Niemand befragt einen Pyromanen zur Feuerwehr. Niemand erkundigt sich nach guter Musik bei Andreas Gabalier[22].

Transfeindlichkeit und Homofeindlichkeit sind verbreitet. Vor kurzem hat der Sultan von Brunei, Hassanal Bolkiah, erklärt, Homosexualität sei nun unter Androhung der Todesstrafe verboten.

Das ist einerseits tragisch, rückschrittlich und menschenverachtend. Andererseits ist das konsequent. Der Typ heißt Hassanal. Hass. Anal. Das ist eine der sich am härtesten selbsterfüllenden Prophezeiungen, die ich je gesehen habe.

Das ist, wie ein Kind in einem Brennpunktbezirk Jacinta-Janette-Shakira zu nennen und zu hoffen, dass es Wissenschaftlerin wird.

Darüber könnte man sich stattdessen mal aufregen: Dass Menschen, die inmitten einer Stadt aufwachsen, weniger Chancen und Möglichkeiten haben als andere Menschen in derselben Stadt und das häufig nur aufgrund des Namens.

---

21 Papst Franziskus galt da als vergleichsweise offen. Er nannte Homosexualität lediglich eine »Mode« und ist gegen die Priesterweihe schwuler Männer. Das Recht auf eine Familie gesteht er homosexuellen Menschen zwar zu, aber die Segnung lehnt er ab.

22 Falls Sie in Deutschland leben, können Sie hier gedanklich einfach den Wendler einfügen. Falls Sie in der Schweiz leben, denken Sie bitte auf keinen Fall an DJ Bobo. Der mag ja musikalisch auch mit rohen Eiern jonglieren, aber es ist mir wirklich ein großes Bedürfnis, diesen Künstler in Schutz zu nehmen.

Ich verstehe nicht, warum solche Leute davon ausgehen, dass Menschen sich Sexualität oder Identität einfach abtrainieren können, statt sich Empathie anzutrainieren. Oder sie sind Heuchler. Ein ungarischer Politiker und Orbán-Lakai ist jüngst zurückgetreten, weil er auf einer Schwulen-Party in Brüssel dabei erwischt wurde, wie er mit Drogen im Rucksack über eine Regenrinne vor der Polizei fliehen wollte.

Deshalb habe ich ja die leise Vermutung, dass alle, die da krakeelen, es sei unnatürlich, zu sein oder zu lieben, wie Menschen es möchten, in Wirklichkeit Angst haben. Weil es nicht unnatürlich ist. Aber es ist leichter, zu schreien, etwas sei unnatürlich, als einzusehen, was Phase ist.

Denn sie sind keine Bewahrer der natürlichen Unschuld dieser Welt. Sie sind schlicht und ergreifend feige Arschlöcher.

2014 gab die finnische Post Briefmarken mit Motiven des Künstlers Tom of Finland heraus. Tom of Finland schuf seinerzeit mehrere Tausend homoerotische Motive und Illustrationen, die einige Jahre nach seinem Tod die Grundlage für das Briefmarkendesign bildeten.

Innerhalb kurzer Zeit wurden die Sonderbriefmarken aus 178 Ländern vorbestellt.

Nachdem ein russischer Politiker verlangte, die russische Post möge alle so frankierten Briefe zurückschicken, und die Finnen zum Boykott aufrief, starteten finnische Medien einen Test und reaktivierten diverse Brieffreundschaften. Alle Briefe und Pakete kamen in Russland an.

100 Alternativen zu Schatz

Man könnte sagen, du bist hoch im Kurs,
Meine Frohnatur, mit der ich auf dem Sofa schnurr,
Meine Gegenwart und mein Futur,
So 'ne richtig feine Wurst[23],
Der Weißwein zum Abend,
Standbein des Jahres,
Sorgenverscheucher,
Der den Wunsch auf Morgen verstreut hat.

Bei dir prüf ich meinen Kinderwunsch auf Herz und Niere,
Besorg im Hintergrund Kreditpapiere,
Schau, wie ich Tinder deinstalliere,
Denn du bist mein Elitepartner,
Der dickste Fisch im weiten Teich,
Bei dir wird mal mein Knie, mal meine Birne weich
Und wenn ich dich mit Äpfeln vergleich,
Wirst du mein Sündenfall,
Biblisch gemeint.

---

23 Auf Französisch sagen sie gern »mon chou« – mein Kohlkopf.

Du kannst meine Decke klauen
Oder deine Füße an meinen Flanken tauen,
Sei mein Stürmer, für den ich Flanken hau!
Du bist mein Turm, um den sich Mythen ranken,
Für dich heb ich sogar wütend Hanteln,
Du trainierst meinen Herzmuskel.[24]
Gib mir eine Geige und ich werd dir eine Terz fuchteln,
Du bist mein Komplementärintervall,
Zusammen ergeben wir eine Sexte[25],
Nie mehr Solitär im Winterhall,
Denn du bringst Frühlingsnächte.

Ich drifte ab.

Du bist Schnick-Schnack-Schnucki, Wutziputzi,
Liebelein und Holde,
Silber oder Gold,
Ohne Filter, aber mit Volt,
Scherzhaft auch mal Herzblatt,
Flamme oder Glut,
Alles ist im Lot,
Ist ein Substitut für »gut«,
Solange sich nichts tut,
Kommt nach uns nur die Flut.

Traute, wenn du sprichst, halt ich die Schnauze.
Nummer Eins auf meiner Amazon Wishlist,
Mit dir hör ich freiwillig Last Christmas
Und brenne Amazon nieder[26]!

---

24 Zeig mir den Horizont, *corazón*!

25 Das ist eine komplett jugendfreie Musikanspielung für all die verliebten Musikliebhabenden.

26 Kleiner, potenziell unangenehmer Moment an dieser Stelle, wenn dieses Buch über das große A bezogen worden ist. Keine Angst, niemand urteilt, es sei bloß darauf hingewiesen, dass es Alternativen gibt.

Meine Schulter auf Straßen und im Bett,
Gern geb ich dir den Flammenwerfer wieder,
Du bist mein Istbestand,
Der Stein in meinem Brett.

Mit dir übersteh ich auch die Pandemie,
Du bist Luftkuss vis-a-vis,
Kein Grund für Elegien,
Du bist Sehnsuchtssubstanz,
Der Gedanke, der mich Tanzen schubst,
Bei dir verlier ich freiwillig bei Mario Kart,
Schau, wie ich Leitplanken putz!
Bei dir fühl ich mich geliebt,
Dein Blick so deep,
Lass mich darin nach Tiefsinn tauchen!
Du bist kein Goldkrümel[27], sondern ein riesen Haufen,
Die Creme-de-la-Creme in Punkto Zen,
Nicht nur auf Slams eine Ten,
Von der Spree bis zur Seine.

Du bist Wolke Dreizehn und Titanic ohne Eisberg[28],
Auf meiner Tür ist noch Platz für einen Namen
– Vielleicht steht da bald deiner?

Mit dir ist selbst Kafka jetzt fröhlich,
Für Effi Briest kein Kraftakt mehr nötig,
Mit dir will Freud nicht über deine Mutter sprechen,
Sondern dich bloß Fragen, wie's dir geht.

---

27 Auf Finnisch bezeichnet man sich gern als »muru«. Das bedeutet Krümel. Das Wort »söpö« wurde zu einem der glücklichsten Worte der finnischen Sprache gewählt. Es heißt »süß«. Beim Sprechen schürzen sich die Lippen.

28 Apropos katastrophenlose Weltreise – vielleicht verlässt man den europäischen Sprachraum und gönnt sich ein »jaanam«, »azizam«, »hayatım« oder »canım«?

Du bist Weihnachten mit Schnee,
Eine famose Idee,
Das beste Karree,
Dem Finnen der See
Oder die Sauna.
Bae, wenn Menschen Tiere sind,
Bist du die Krone der Fauna.

Apropos Fauna.
Ob Hasi, Mausi, Raupi, Eule, Schnecke oder Spatz,
Wenn es damit nicht klappt,
Nehm ich Seestern oder Katz,
Ob Kleiner oder Große,
Ob Bär[29] oder Tiger,
Her geb ich dich nie wieder
... Es sei denn, wir trennen uns.
Mein Hermelin, mein Schnabeltier,
Mein Jaguar, mein Elch.

Welch Bandbreite an Viechern[30],
Von Pferden zu den Bibern,
Bist mein Stern unter den Spießern,
Ich hab Menschen zwar gern,
Aber keinen mag ich lieber.

29 In der finnischen vorchristlichen Mythologie war der Bär ein heiliges Tier. Eines, das nicht bei seinem wahren Namen genannt werden durfte, weil es sonst, so der Glaube, erscheine. Stattdessen wählte man Euphemismen. »Karhu«, wie Bären heute heißen, heißt ursprünglich »wildes Fell«. Geläufig sind auch »mesikämmen« (»Honigpfote«) und »metsän omena« (»Apfel des Waldes«) – auch tolle Kosenamen. Der wahre Name des Bären? Otso. Vorsicht! Niemals laut aussprechen! Vor allem nicht in der Bahn. Oder vorm Altar.

30 Auf Ungarisch fällt gerne »bogárkám« (»mein Käferchen«) oder »drágám« (mein/e Teure/r) – was an »dragon« erinnert. Welch Grund zur Freude, dass wir gesellschaftlich das Bild des Hausdrachen dank deutscher Comedy in den letzten zwölf Jahren überwunden haben.

Denn die Zeit mit dir ist
Wie ein frisch bezogenes Bett
Oder der Duft von Regen,
Die Erinnerung an Hitzefrei
Oder im Sommer an das erste Eis.
Das Gefühl, wenn du dich endlich kratzen kannst,
Und du kratzt wie noch nie,
Oder wie das wiedergewonnene Vertrauen
In die Sozialdemokratie (glaub ich).
Sie ist wie das Ende eines Buches, aber nur, wenn es gut ist,
Oder wie das Herzrasen vorm Entstehen des ersten Kusses,
Wie die kühle Seite des umgedrehten Kissens,
Auf das du deine Wange legst,
Oder das Gefühl, wenn du dir abends
Von den Füßen deine Schuhe ziehst.
Jedes Treffen mit dir heißt,
Die eigenen Menschen wiederzusehen,
Weil wir entschieden haben,
Ein Stück des Weges gemeinsam zu gehen.

Wenn du mich also fragst, warum ich dieses S-Wort meide,
Wisse, dass ich weitaus mehr als das zu sagen habe.
In deinem Namen liegt Geschichte,
An der du mich auch schreiben lässt,
Und dieses Geschenk macht mich zwar glücklich,
Doch manchmal ist's ein Heidenstress,
Alles das, was wir teilen, unter einen Hut zu bringen,
In einem Wort zu einen,
Und dieses Wort soll halt nicht klingen wie eins,
Das für die halbe Welt gemacht ist.
Denn für mich bist du besonders, kein Schatz,
Sondern zu gleichen Teilen
Wunsch und auch Wagnis.

Das finnische Wort für Verlobung, »kihlaus«, kommt von »kihlat«, das wiederum die Gesamtheit der Verlobungsringe und anderweitiger Geschenke umfasst. Es stammt vermutlich vom proto-germanischen »gīslaz«. Die deutsche Entwicklung dieses Wortes verwenden wir noch heute. Sie heißt »Geisel«.

Gedanken vor dem Berganstieg

Ist schon hoch, so ein Berg. Breit auch, viel Fläche, so ein Berg.

Natürlich müssen wir da hoch. Der ist da, also müssen wir hoch. Der Mensch ist nicht besonders stark und nicht besonders schnell, aber stur ist er. Stur wie ein Esel oder ein Bock. Dabei sind wir viel sturer als die Viecher, stur wie ein Mensch müsste es heißen. Sturheit und Ausdauer sind die wesentlichen Werkzeuge, waren sie immer schon. Auch als wir noch gejagt und gesammelt haben. Da waren alle Viecher schneller, manche konnten fliegen, manche so schnell laufen, da mussten wir erst mal das Auto erfinden, um diese Geschwindigkeiten nur annähernd zu erreichen, aber die Ausdauer hat den Unterschied gemacht. Da sind wir der Antilope einfach so lange hinterherspaziert, bis sie vor Erschöpfung umgekippt ist, und dann haben wir sie erwischt.

So gesehen ist verständlich, warum wir auf diesen Berg wollen. Weil er da ist. Sturheit und Ausdauer messen sich am besten mit etwas, das lange dauert und anstrengend ist, und wenn wir schon dabei sind, dann bitte auch der höchste der Berge, direkt auf den Mount Everest! Ist auch übertrieben. Wenn der Sauerstoff so dünn wird, dass du ihn aus Flaschen atmen musst, wirkt das wie ein Hinweis, aber wir sind eben stur. Wir brauchen das Gipfelselfie für unser Profil. Oder als Aufhänger für unsere Coaching Firma.

Ist das denn überhaupt noch eine Errungenschaft, heutzutage? Menschen stehen Schlange mit ihren Sauerstoffflaschen und Atemgeräten, um auf den Gipfel zu kommen. In einer Umgebung, in der durch den Eigendruck dein Gehirn langsam über dein Rückenmark aus deinem Schädel gepresst wird, wenn du dich zu lange dort aufhältst. In Höhen, in denen Wetter und Einsamkeit deiner Wahrnehmung Streiche spielen, wo ein Windhauch zum Trugbild wird und in der Erinnerung der Angeber zur Phantasmagorie.

Gut, Einsamkeit ist relativ auf dem Everest. Immerhin steht man in der Schlange. Stundenlang. Da sind ja auch all die anderen und die ganzen Sherpas, die den ganzen Tag unter Lebensgefahr Ausrüstung hinaufschleppen, Kletterhaken und -vorrichtungen anbringen, während sich um sie herum der ganze Berg mit Müll und Leichen füllt. Sherpas haben statistisch gesehen den tödlichsten Beruf der Welt und das an einem Ort, an dem Tote zu Wegweisern werden, die Bergsteiger ihnen Spitznamen geben und sich an ihnen orientieren. Alles nur für ein Foto, einen Eintrag ins Geschichtsbuch oder für die blanke Sturheit.

Ist das denn überhaupt eine Errungenschaft, wenn dich vier Sherpas unter höchstem Risiko für Leib und Leben den Südhang hochgeschleppt haben, nur damit du in die Geschichte eingehst als erster Mensch, der den Mount Everest ohne Beine bestiegen hat?

Warum stehen nicht die vier Sherpas im Buch der Weltrekorde, weil sie als Erste einen Menschen ohne Beine auf den Gipfel des Mount Everest gesetzt haben?

Ich meine – der Kahlenberg ist doch auch schön. Vor allem um diese Jahreszeit. Einfach hinaufspazieren und in der Abendsonne eine Gartenananas vergenussriegeln, gerne auch mit Foto. Hilft mit den Followern und gegen Parodontitis.

Ehrlich gesagt, weiß ich nicht, ob es gegen Parodontitis hilft, aber wir denken ja viel an unsere Zähne. Auf den Plakaten immer lächelnde Menschen. Banken werben mit lächelnden Menschen, Metzger mit lächelnden Schweinen, komisch. Auch die Mount-Everest-Tourfirmen werben mit lächelnden Menschen in bunten Jacken, die im Schnee winken. Leute, die sich anziehen wie die aus den Englisch-Schulbüchern.

»How much does a trip to the summit cost?«

Kommt drauf an, wie weiß sind Sie im Kontrast zum Schnee?

Das Gras ist immer grüner, werden jetzt manche sagen, das Gras ist immer grüner auf der anderen Seite, aber das Gras ist auch grüner, wo jemand frisch vergraben wurde.

Der höchste Berg in Ungarn ist eigentlich eine Erhebung. 1.014 Meter hoch. Eintausendvierzehn. Das ist eigentlich eine Wanderdüne mit Sesshaftigkeitswunsch. Kékes heißt der Hügel. »Kék« heißt blau, bläulich also. Vielleicht sind das die blauen Berge, von denen wir im Bus gesungen haben.

In Finnland ist der höchste Berg etwas höher, ganze 1.365 Meter, aber leider liegt der Gipfel in Norwegen. Finnland hat nicht einmal einen eigenen Gipfel. Nur einen Grenzstein auf Geröll, der in 1.324 Metern Höhe den höchsten Punkt des Landes markiert. Der Rest des Haltitunturi[31] liegt in Norwegen und 1.365 Meter sind für norwegische Verhältnisse läppisch[32]. Es gibt an die zweihundert Berge in Norwegen, die die Zwei-Kilometer-Marke knacken – immer noch kein Everest, aber zumindest ein Berg!

---

31 Eigentlich »Halti« – »tunturi« bezeichnet das lokale Gebirge und wird an den Namen der Berge angefügt. Siehe auch Korvatunturi, wo der Weihnachtsmann angeblich wohnt. Seit 1985 lebt der Weihnachtsmann zwar offiziell in Rovaniemi in einem weihnachtlichen Vergnügungspark, aber man hat bei der Post einen Nachsendeauftrag eingerichtet und die an Korvatunturi verfassten Briefe werden einfach nach Rovaniemi weitergeleitet. Die Adresse ist 99999 Korvatunturi.

32 Und für finnische auch, immerhin liegt der Haltitunturi in Lappland.

Gut, das lockt jetzt die erfahrenen Alpinisten nicht aus ihren Almhütten, die Schweiz- und Österreichstämmigen lachen sich in ihre wohlumhüllten Fäustchen bei diesen mickrigen Höhenmetern[33].

Die Norweger haben tatsächlich versucht, den Finnen einen Gipfel zu schenken. Damit Finnland auch einen Berg hat. Finnland sollte zu seinem einhundertsten Geburtstag, sprich Unabhängigkeitstag, eine Bergspitze[34] bekommen, dafür hätte die Grenze ein paar Meter verlegt werden müssen und das war dann völkerrechtlich nicht ohne Weiteres möglich.

Das Gras ist immer grüner auf der anderen Seite, wüchse es bloß im Geröll. 1.365 Meter.

1365 war auch das Jahr, in dem die Universität Wien gegründet wurde. Für die geistigen Gipfelkreuze im ostösterreichischen Flachland. Die höchste Steigung in Wien liegt nach Gerüchten in der Berggasse, wo in Hausnummer 19 wiederum alle zum Liegen anstanden. Eine Adresse für alle Ab- und Aufhebungen, samt Sofa und Sigmund Freud. Ein Ort zum Besprechen der Trugbilder und Phantasmagorien, die man vom Everest oder aus dem Alltag mitbrachte.

Vielleicht ist es die Angst vorm Scheitern, die uns so stur sein lässt in diesen Dingen. In der schaffenden Zunft ist Scheitern ein zwangsläufiger Bestandteil des kreativen Prozesses. Ein wichtiger Bestandteil, aus dem sich bestenfalls viel lernen oder ableiten lässt. Es gibt aber auch andere Facetten des Scheiterns, die ich die DJ-Bobo-Konstante nenne.

---

33 Wenn man die Dufourspitze auf den Großglockner legte, wäre der resultierende Berg beinahe so hoch wie der Everest. Legt man noch eine Zugspitze drauf, kommt man auf 11.394 Meter, und damit nicht einmal zur Hälfte des höchsten Bergs im Sonnensystem, dem Olympus Mons auf dem Mars.

34 Streng genommen wollte Norwegen Finnland einen anderen Gipfel schenken, einen, der den höchsten Punkt des Landes um ganze sieben Meter angehoben hätte. Also nicht den Gipfel des Haltitunturi.

Ich will es kurz erklären, aber davor festhalten, dass ich großen Respekt vor DJ Bobo habe. Der Mann hat Millionen von CDs verkauft, war zigmal in den Charts, macht Tanzshows mit Lametta-Piraten, Respekt.

Die DJ-Bobo-Konstante ist die Grenze, ab der ein Werk besser wäre, wenn alle sicht- und hörbaren Elemente des Künstlers nicht wahrgenommen würden. Mein Anspruch ist, oberhalb dieser Grenze zu bleiben. Betrachten wir es am Beispiel seines Hits »Pray«. Das ist stabile Stampfmusik, angenehm dramatischer Chor, klasse Backingvocals, lässige Hook, gut, bisschen sehr biblisch, aber wenn der Heilige Geist in die Hüften fährt, dann ist hier aber angetanzt und dann beginnt DJ Bobo, zu rappen.

Ich weiß nicht, inwiefern er an diesem Lied beteiligt war – ich weiß nicht, ob er mitproduziert hat, ob er es geschrieben oder komponiert, die Hook ersonnen und die Sängerin ausgesucht hat. Alles, was ich von ihm wahrnehme, sind die Rap-Parts. Hätte er das gelassen, wäre das Lied ein Kracher auf allen Ferienlagerpartys. Das ist die DJ-Bobo-Konstante.

Manchmal ist etwas hingegen weird, drüber und furchtbar in einer Weise, die alles erst zu einem vieldimensionalen Erlebnis vereint. Das nennen wir die Scooter-Ausnahme.

Menschen tun seltsame Dinge, aus Sturheit, mit Ausdauer, und ich bewundere es. Ich bewundere, wie DJ Bobo seit Jahrzehnten tanzt und spektakelt, als sei das Konzept der Rhythmik im Aargau entdeckt worden.

Ich bewundere auch Menschen, die auf Berge steigen. Ende letzten Jahres las ich von einer russischen Studie. Einige Ornithologinnen und Ornithologen wollten die Wanderbewegungen von sibirischen Steppenadlern untersuchen. Dazu bekam jeder Adler einen GPS-Sender, der per SMS die Koordinaten an das Forschungsteam übermittelte. Einer der Adler flog nach Kasachstan und blieb vier Monate in einer netzlosen Gegend. Als das Tier dann in den Iran flog und wieder Empfang hatte, wurden all die nicht übermittelten Nachrichten auf einmal abgesendet und so traf auf einen Schlag mit großer Verspätung ein Schwall an SMS in Russland ein, die aufgrund der Roaminggebühren das Forschungsbudget sprengten. Mehrere hundert Euro hat das Vieh umgerechnet verschickt und zuvor das Team über ein Vierteljahr geghostet.

Ich liebe alles daran. Ich liebe, dass russische Ornithologinnen und Ornithologen mehr als ein Dutzend Adler ohne SMS-Flatrate auf Weltreise geschickt haben, ich liebe, dass es danach einen Spendenaufruf gab, und ich liebe auch, dass Norwegen Finnland einen Berg schenken wollte, DJ Bobo mit jeder Tour das Spannungsfeld von Tanz und Bühne neu definiert und wir alle so wahnsinnig stur sind.

Denn so ein Berg ist schon hoch. Hat viel Fläche und bietet wenig Halt, aber gute Güte: Was wollen wir hinauf!

Der nördlichste Punkt der europäischen Union ist das finnische Dorf Nuorgam. Hier leben etwa zweihundert Menschen an der norwegischen Grenze und gönnen sich Lachs.

Der östlichste Punkt des Schengenraums ist eine Insel im Virmajärvi, einem kleinen See an der russischen Grenze. Der See samt Insel liegt in der Nähe des Dorfes Hattuvaara, dessen Name übersetzt »Hutgefahr« bedeutet. Man vermutet, dass Hüte hier in Gefahr sind, und nicht, dass hier von Hüten Gefahr ausgeht[35].

Die nördlichste Großstadt der europäischen Union ist Oulu. Die Sommer dort sind kurz und warm, die jährliche Durchschnittstemperatur liegt knapp unter drei Grad. Jeden August finden in Oulu die Luftgitarrenweltmeisterschaften statt. Die meisten Goldmedaillen sammelten bislang die USA vor Finnland und Japan.

35 Unweit von Hattuvaara gab es im Rahmen des Fortsetzungskriegs die Schlacht bei Ilomantsi – Schlachten sind gefährlich für Hüte. Woher kommt bloß dieser wundervolle Name für eine Ortschaft?

Dreißig werden

Der dreißigste Geburtstag war der stressigste Geburtstag meines Lebens. Seit die 25 überschritten war und mein Lebensalter Richtung dreißig kippte, fühlte sich jeder Tag wie eine Reise in den drohenden Abgrund an, nächste Station Bingo und Katheter. Ich sah mich in Kordhose Rotwein nippen, über Aktienpakete sprechen und Witze machen wie »Also wenn du Nessun Dorma ganz laut hörst, dann tust ja genau das, was die Arie verlangt«[36] und dann hüsteln alle amüsiert und greifen nach dem Käse und das, da war ich mir sicher, war das Ende.

Dreißig werden, ist wie betrunken Turandots Rätsel lösen. Der Grund, weshalb wir so ausrasten, liegt darin, dass die Welt so ausrastet.

Überall gibt es 30-under-30-Listen und plötzlich vergleichst du dich mit Neunzehnjährigen, die gerade ihren zweiten PhD abschließen und den Job bekommen, weil sie schon fünf Jahre Berufserfahrung haben, und du hast fünf Jahre für deinen Bachelor gebraucht und dann ist es einer in Kommunikations-Theater-Germanistik-Film-Finnisch-auf-Lehramt-Wissenschaft und mit dem Zeugnis geben sie dir auch gleich die Wahl zwischen Callcenter und Taxischein und du wünscht dir nur ein bisschen Respekt und ein bisschen Anerkennung, aber

36 Damit alle mitlachen können: »Nessun Dorma« heißt wörtlich »Niemand schlafe«.

wenn du das dann ordentlich feiern willst, fällt dir auf, dass du eben nicht mehr trinken kannst wie mit zwanzig, sondern nach drei Drinks erst mal drei Tage Detox einplanen musst, und du weißt jetzt, warum Leute ab dreißig plötzlich so gut planen können – weil sie es müssen!

Dreißig werden heißt, sich zwischen Burger und Pommes zu entscheiden, weil deine Magenschleimhaut, die du die letzten zehn Jahre mit jedem spontanen Gusto an den Rand ihrer Verzweiflung getrieben hast, jetzt einfach sagt: »Nein, das mache ich nicht. Das machst du mal schön alleine!«

Wenn Sportlerinnen dreißig werden, schleicht das Rentenalter ungesehen die Umkleiden entlang.

Wenn du als Fußballer dreißig wirst, holt der Mannschaftsarzt das Bolzenschussgerät und führt dich nach dem Dehnen hinter das Stadion.

Mit dreißig machen deine Freunde Kinder und behalten sie auch.

Seit ich dreißig bin, mache ich auch morgens mein Bett, weil die Leistungsgesellschaft mein Hirn schon so weit zersetzt hat, dass ich glaube, wenn ich erst so den Tag beginne, dann habe ich direkt was geschafft, und ich nehme jetzt Vitamine, weil ich die letzten Jahre gelebt habe wie eine Eule. Wundert mich nicht, dass mein Vitamin-D-Haushalt nicht existiert. Aber ich bin auch Finne. Bei uns gibt's kein Vitamin D. Bei uns ist dunkel. Vitamin D ist in Finnland so selten, dass im Alphabet auf C das E folgt[37].

---

37 Das stimmt natürlich nicht. Das D ist zwar recht selten, vor allem im Vergleich zum Deutschen (allein der deutschsprachige Teil dieser Fußnote beinhaltet sechsunddreißig Ds und beispielsweise alle bestimmten Artikel reiten auf einem D los, der verdammte Titel dieses Textes beginnt mit D), aber es gibt durchaus finnische Worte mit D. Zum Beispiel »tiedän« (»ich weiß«) oder »puolijohdediodi« (Halbleiterdiode). Deutsch ist dem durchaus voraus: Auf ganze vier D kommt unter anderem »Mindestdividende«

Deshalb heißt Finnland auf Finnisch Suomi. Kein D drin!

Es ist mitunter heftig, Menschen beim Altern zuzusehen[38], und während du morgens die Weisheit aus der Geheimratsecke sammelst, in der Hoffnung, auch diesen Tag würdevoll zu überstehen, merkst du, dass dreißig werden auch heißt, die eigenen Eltern zu begleiten, wenn sie sanft werden, etwas langsamer. Die Geduld, die sie einst mit dir hatten, hast du nun wiederum mit ihnen und beim Einkauf ihrer Geburtstagsgeschenke fragst du dich: Ist das zu teuer oder will ich das erben?

Du gewinnst Perspektive mit dreißig, aber leider mischen sich die Anflüge der klugen, menschlichen Ideen häufig noch immer mit Unfug, und zwischen einem Feuilleton-Artikel ertappst du dich bei dem Gedanken, dass Selbsthilfehotlines für Glücksspielsüchtige viel effektiver wären, wenn jeder fünfte Anruf was gewinnen würde.

Seit ich dreißig bin, habe ich Lieblingspantoffeln und verschenke Badesets. Ich wundere mich darüber, dass die ersten Menschen, die das 22. Jahrhundert erleben werden, schon geboren sind, und gleichzeitig darüber, dass große Teile der Gesellschaft gerade daran arbeiten, dass wir das 22. Jahrhundert kollektiv gar nicht erreichen.

Ich wundere mich, warum es heißt »Ich habe schwarze Freunde, also darf ich das N-Wort sagen« und nicht »Ich habe schwarze Freunde, also stehe ich ein für deren Rechte«.

---

und wenn man dreißig wird, spricht das Umfeld gern darüber.

38 Mika Häkkinen macht jetzt Werbung für Hörgeräte. Das ist wild. Was haben wir Nachmittage vor dem Fernseher zugebracht und den Silberpfeilen beim Start zugeschaut und nun macht der Mann Werbung für Hörgeräte. Verständlich, ein Formel-1-Pilot, der sein halbes Leben zwischen lauten Motoren und über 300 km/h verbracht hat und mittlerweile Starthilfe fürs Gehör braucht, ist kein dramatisch überraschender Wirkungszusammenhang.

Mit dreißig sind wir Virtuosen auf der Klaviatur des eigenen Scheiterns und mitunter schauen junge Menschen zu uns hinauf, völlig gebannt, wenn wir von Kassetten erzählen. Als wären wir die Stammesältesten im Nimmerland. Dabei sind wir völlig überfordert, weil es mittlerweile mehr als die 150 Pokémon gibt, die wir alle mal auswendig konnten, und jetzt ist bei Glumanda Schluss, aber wenigstens kennen wir die Definition von Bruttosozialprodukt.

Mit dreißig ist Wein nicht einfach rot oder weiß, sondern vollmundig, fruchtig, lieblich im Abgang, und ich weiß nicht, wer Tannine ist, aber ich möchte sie gern kennenlernen, wenn sie so vielen etwas bedeutet.

Wir sind Zeitzeugen der Rautetaste, haben unseren Schwarm noch nach der ICQ-Nummer gefragt und im Anschluss tiefgehende Gespräche mit einem russischen Hacker geführt. Heute kämpfst du dich durch eine Kaskade stetig schlimmer werdender Nachrichten, die auf deine Synapsen eindreschen und die Eindrücke zu einer grotesken Installation aus Panik, Angst und Furcht verlöten, und du fragst dich: Ist das neu oder merken wir es erst jetzt, weil alle Handys eine Kamera haben?

Dreißig werden heißt auch, die letzten Zeitzeugen der Nazizeit der Erinnerung zu übergeben und die Geschichten weiterzutragen und niemals zu vergessen und dabei gleichzeitig die erste gemeinsame Wohnung einzurichten mit den Mementi von Gestern und der Zuversicht für Morgen und ich verstehe, warum dreißig werden so stressig ist, denn es wird sehr viel daran gehängt.

Denn ich bin jetzt dreißig.
Selbst wenn das Leben mal gemein ist,
Du im Spiegel nur noch Leid siehst,
Es statt Cola Bull nur Wein gibt,
Ist alles cool,
Denn du bist dreißig.
Auch wenn dein Alltag nur Verschleiß ist,
Bist du trotzdem fleißig,
Weil du noch kein Greis bist
Mit dreißig.
Und du ringst um deine Coolness,
Du bist drei-*sheesh.*
Übertreib's nicht!
Es ist okay, du bist halt dreißig.
Wird ein Heimspiel.
Vergeig's nicht!

Denn was jetzt ist, wird mal die gute alte Zeit.
Und was da noch kommt, macht sich zu dieser Zeit bereit.
Da lässt sich viel gestalten, gestalten wir mal los!
Damit dreißig werden sich auch für andere noch lohnt.

Dreißig ist das neue zwanzig?

Laut einer Erhebung[39] verlassen junge Menschen in Finnland besonders früh das Elternhaus – mit durchschnittlich 22 Jahren. Auch in Deutschland ist man gern rasch für sich (im Durchschnitt mit 23,7 Jahren), in Österreich gönnt man sich noch das erste Vierteljahrhundert, ehe man auszieht, und in Ungarn kommt es drauf an: Frauen ziehen hier im Durchschnitt mit 25,8 Jahren aus, Männer mit 28,3.

39 Umfrage innerhalb der EU von 2017, voller Datensatz abrufbar via eurostat.

Nirgendland

Wind streift sanft das Blatt der Birke
Ein Feuer knistert lichterloh
Im Uferdickicht grasen Hirsche
Ein schöner Tag im Nirgendwo

Ausgelassen lachen Kinder
Allesamt mit mir verwandt
Der Sommer neigt sich in den Winter
Auf Wiedersehen im Nirgendland

Ich kenn's von Fotos und Geschichten
Erzählt von Onkeln, Tanten, Neffen, Nichten
Baut sich ein Bild vorm inneren Auge
Ein See, ein Gebäude, viele Bäume, ein Zuhause

Mal scheint die Sonne und wir naschen Preiselbeeren
Oder es ist Winter und der See ein Kreisverkehr
Zwischentöne gibt es keine, niemals Frühling oder Herbst
Wie auch, wenn du immer bloß zu Anlässen hierhergehörst?

Schau, ich komme aus einem Land, das nur in Geschichten liegt
In Erinnerung vergraben, unter ewighellen Sommertagen
Unter Schnee und Geschenken, Schlitten und Kufen
Gelächter und Rufen vom Wald bis zum Ufer

Köstliches von draußen schmückte die Tafel früh und spät
Dann die Sauna, dann der See, immer wieder dieser See
Jahreszeit ganz gleich
Die Haut wird rot im Sommer und im Winter bleibt sie bleich

Dieser See, Konnevesi heißt er. 189 Quadratkilometer Wasserfläche in Südmittelfinnland. »Vesi« bedeutet Wasser und unter den größten Seen enden 80 auf »-vesi«, aber 200 auf »-järvi«, und »-järvi« ist eigentlich das Wort für »See«, und dann gibt es noch 490 Orte, die alle Paskalampi[40] heißen und das bedeutet wörtlich: Scheißteich. Ob denn heutzutage nichts mehr logisch ist, hab ich gefragt.

Was ich damit sagen will: Realität und Erinnerung passen selten aufeinander. Das Eine lässt das Andere verblassen und das ist, was ich meine, wenn ich sage, dass es das Land nicht gibt.

Das Land, aus dem ich komme, ist ein Landstrich am vesi
Ein Kilometer von Osten nach Westen
Verbindet die Hütten der Onkel und Tanten
Das Morgen und Gestern, wo sich die Mythen
Von damals noch ranken, in einem Haus, das allen bekannt
Zur Weihnacht gefüllt und sonst bloß vakant

Aber da sitze ich noch, mit drei, mit sieben, mit zehn
Auch die Jugendjahre sah ich dort vergehen
Was für ein Gefühl, die Heimat bloß zu besuchen
Zeit hat ihren Willen und wie suchst du nach Spuren
Die es nicht mehr gibt, wenn im Moment des Erlebens
Schon die Erinnerung versiegt?

Meine Heimat ist ein Album
Ein Paradies in pittoresken Portraits präsentiert
Ich frage mich, warum in der Erinnerung die Natur so überwiegt
Während in den Bildern nichts Natürliches mehr liegt

40 Oder Paskolampi, Paskalammi und Paskolammi – selbe Bedeutung

Dieses Album hat Schieflage
An das andere aus Ungarn denk ich kaum
Da hieß es dann Schweigen, Verharren
Beobachten, Schauen
Was sie tun und was sie sagen
Wie sie reden, was sie planen
Sicherheit – ach, ein großes Wort
Vor allem, wenn du noch klein bist
Sicherheit entsteht im Sinne unserer Eltern
Erst in dem, was du verheimlichst

Es gibt viel Gejohle und Gerede, wenn das Wörtchen Heimat fällt
Vor allem von jenen, die sich durchs Wort gern empfehlen
Die etwas verteidigen wollen, vor allen außer sich selbst

In Finnland lernte ich, dass Heimat in Bildern liegt
In Ungarn lernte ich, dass jedes Bild auch Grenzen hat
Und jemand diese Grenzen zieht

In ihren Köpfen läuft die Grenze des Landes
Über Zäune und Posten
Flüsse, Berge, Schlagbäume, Pfosten
Ein verzerrtes Bild der Ehre
Doch die Grenzen im Innern
In den Köpfen und Gedanken
Verlaufen von ***H*** bis ***T***
Wenn dazwischen »***ei***n***ma***l« steht, um L und N reduziert
Denn das im Innern ist kein »L***a***n***d***«, sondern bloß ein »**Da**«

Kryptisch, nicht?
Vielleicht hilft das zum Verständnis, wie es ist
Wenn dir niemand die unsichtbaren Regeln erklärt
Niemand das zwischen den Zeilen übersetzt
Oder ein Apparat der Sprache so spezifisch das Innere zerlegt

Alles, was innerhalb der Grenzen liegt, ist Heimat
Heimat heißt hier Einbahnstraße
Der Fehler liegt im Singular
Häufig frage ich mich, seit wann ich mir darauf
Keinen Reim mehr machen kann
Ich glaube, es war ab der Grenze

Wir erzählen in Oktaven und Kaskaden
Woher wir kommen, wo wir sind und wo wir waren
Erzählen nie von Wunden, sondern nur von Narben
Malen in bunten Farben Wunder auf Karten

Die meisten suchen bloß einen Platz zum Niederlegen
Viele sind wie der Sand
Uns treibt der Wind vom Dann ins Wann
Bis zum Wiedersehen im Nirgendland

Zum Abschied eine Geistergeschichte.

Hin und wieder entstehen Geisterwörter, die in Wörterbüchern schlummern oder in Lexika liegen, bis eine neue Auflage sie weckt und austreibt.

Dreizehn Jahre lang spukte ein solches Wort im Webster-Dictionary: »Dord«.

Dord war laut Eintrag der physikalische und chemische Fachbegriff für »Dichte«. Wir wissen, »Dichte« ist eigentlich »density«[41]. Ursprünglich ging es darum, wie man Dichte abkürzen kann: D or d. Nun wurden die Worte gern mit vielen Leerzeichen versehen, um dazwischen Platz für Hinweise zur Aussprache zu lassen. Somit wurde aus »D o r d« letzten Endes »Dord«.

Die vollständige Entfernung des Wortes geschah 1947. Man munkelt, es fehle manchen bis heute.

41 Oder »Rhyme!« … sorry. Für die letzte Fußnote gibt's die Premiumpointen.

Danke, kiitos, köszönöm

Meinen herzlichsten Dank all jenen, die mich in diesem Unterfangen unterstützt und begleitet haben.

Ich bedanke mich bei Jonas Scheiner für poetische Politurhilfen und Gespräche, bei Yasmin Hafedh, Tanasgol Sabbagh und Jean-Philippe Kindler für Worte, Gesten und Gedanken, bei Christopher Hütmannsberger für die schier endlose Reihe sprachlicher Schätze, zu denen er mich führt, bei Aaron Dall für den mathematischen Rückhalt und bei Anna Kohlweis für das gestalterische Windspiel.

Mein großer Dank gilt zudem meinem Verleger Karsten Strack und Lektora[42].

Ich danke Josefine für das stete Decken meines Rückens und das Erinnern an die Zuversicht, meiner Familie und den Menschen im Herzen Wiens, die so facettenreich und entschlossen die Grenzsteine des sprachlich Möglichen über wilde Heiden tragen, bei Mieze Medusa, Markus Köhle, Elias Hirschl, Janea Hansen, Fabian Navarro, Francesca Herr, Tereza Hossa, Mike Hornyik und all den anderen geschätzten Menschen auf, vor

42 Besonders möchte ich meiner Lektorin Denise Bretz danken, dass sie mir nicht die ganzen Fußnoten gestrichen hat.

und hinter den Bühnen. Vielen Dank auch an die Sektion Kunst und Kultur des Bundesministeriums für Kunst, Kultur, öffentlichen Dienst und Sport.

Und letzten Endes danke dir. Die meisten der eben aufgeführten Menschen haben Bücher, Bilder, Alben, EPs, Videoserien, Kanäle, Postkarten und allerlei Kostbarkeiten. Wenn es dir gefallen hat und sich gerade jetzt die bittersüße Freude am Ende eines Buches in deiner Brust breitmacht, dann lies doch was von ihnen, gute Leute, allesamt, und weil du die Credits bis zum Ende studiert hast, gibt's im Sinne cineastischer Superhelderei noch einen Abschiedswitz:

»Kind« heißt auf Finnisch »lapsi«. Das kann man sich gut merken, denn wenn bei der Verhütung ein Lapsus passiert, resultiert daraus ein lapsi.

No niin.

Audiolinks

Wie es klingt (S. 11)
www.bit.ly/wieesklingt

Die Facetten des Nilpferds (S. 17)
www.bit.ly/facettendesnilpferds

Über Äste (S. 23)
www.bit.ly/ueberaeste

Turmwespen (S. 31)
www.bit.ly/turmwespen

Das Wohl des sicheren Genicks (S. 37)
www.bit.ly/daswohldessicherengenicks

Auf dem Landeplatz (S. 43)
www.bit.ly/aufdemlandeplatz

Patronenmärchen (S. 53)
www.bit.ly/patronenmaerchen

Eine Brandrede für Liebende (S. 59)
www.bit.ly/einebrandredefürliebende

100 Alternativen zu Schatz (S. 65)
www.bit.ly/100alternativen

Gedanken vor dem Berganstieg (S. 73)
www.bit.ly/gedankenvordemberganstieg

Dreißig werden (S. 81)
www.bit.ly/30werden

Nirgendland (S. 78)
www.bit.ly/nirgendland

Bei Lektora erschienen

Henrik Szanto

Es hat 18 Buchstaben und neun davon sind Ypsilons

Henrik Szanto lebt im Spannungsfeld der Vielfalt und Mehrsprachigkeit. Zwölf Texte zu Finnland, zu Ungarn – zwischen Lyrik und Prosa, Humor und Sehnsucht. Ob am finischen Seeufer, umgeben von Redewendungen, im Lateinunterricht, beim Abendessen mit dem Vater oder Brustschwimmen, ob in den Mauern eines alten Hauses in Budapest oder inmitten des Torjubels – hier leben Sprache und die Freude daran.

»Seine Worte machen schmunzeln, nachdenken, weinen und lachen. Und irgendwie wohlig um Herz.«

(Agnes Maier)

»Ein Buch, das ent- und verführt, in fremde Welten und Vergangenheiten, ins Futur II und zu uns selbst. Lest, ihr Menschen! Auf dass es euch an der Hand nimmt und ihr morgen weniger wenig wisst als heute.«

(Lisa Christ)

ISBN 978-3-95461-126-3
13,90 Euro

www.lektora.de

Bei Lektora erschienen

Anna-Lena Obermoser & Henrik Szanto (Hg.)

G'scheit Goschert

Die U20-Szene des österreichischen Poetry Slams ist absolut divers, eigensinnig und engagiert. Nach dem Motto »Sche*ß da nix, dann föhlt da nix!« rocken Nachwuchspoet*innen die Bühnen der Berge- und Seenation von Österreich und Südtirol (und darüber hinaus)! Alles, was sie dafür brauchen, sind Text, Performance und ein Mikrofon. Diese junge Szene streckt Fäuste in die Luft, schmiert Honig ums Maul, Balsam auf die Seele und lässt Münder zum Staunen offen, sowie Hirne und Herzen hoffen, dass die Zukunft in guten Händen liegt, solange es dieselben sind, die auch diese Texte schreiben.

Außerdem gewähren Obermoser und Szanto einen Einblick in die Szenen-Arbeit vermitteln Eindrücke und Erfahrungen, präsentieren Ratschläge und beleuchten all die Menschen, die dafür verantwortlich sind, dass es Jugendliche auf Bühnen treibt.

ISBN 978-3-95461-144-7
14,90 Euro

www.lektora.de